KB198032

ÂME BRISÉE

AKIRA MIZUBAYASHI

부서진 향주

미즈바야시 아키라 | 윤정임 옮김

1984BOOKS

세상의 모든 유령들에게

차례

ÂME : 여성 명사. **음악 용어. 현악기의 향주(響柱).** 현악기 몸판의 앞판과 뒤판 사이에 놓여 있는 작은 나무 조각으로 두 판 사이의 적절한 간격을 유지하여 균질한 진동으로 음질과 전파가 보장되도록 한다.

— 『프랑스어의 보고(寶庫)』

슈베르트의 음악 앞에서는 이전의 마음과 아랑곳없이 눈물이 흐르는데 그것은 그 음악이 이미지의 에움길 없이 실재의 힘 자체로 우리에게 서둘러 덮쳐오기 때문이다. 우리는 이유도 모른 채 울고 있다. 왜냐하면 우리가 아직은 그 음악이 우리에게 약속한 그 모습으로 있지 않기 때문에, 단지 음악이 그렇게 있다는 것만으로도 언젠가 우리가 그 음악처럼 될 거라는 확신을 주는 데 충분하다는 것을 그 이름 없는 행복 안에서 느끼기 때문이다.

— 테오도르 아도르노, 『악흥의 순간』

명상

1938년 11월 6일 일요일, 도쿄.

커졌다 잦아드는 거칠고 단호한 군화 발소리. 누군가 걷고 있다. 멈춰 섰다… 다시 걸었다… 또 멈췄다. 이제 그 사람은 아주 가까이 있다. 그의 숨소리가 들리는 듯하다. 무엇인가 목재에 부딪치는 작은 소리. 벤치 위에 뭔가를 올려놓았나? 나는 어둠 속에서 겁에 질려 떨고 있다. 두려움으로 등줄기가 서늘하다. 침묵. 갑자기 어둠의 장막이 걷힌다. 큼지막한 정사각형의 빛이 돌연 내 앞에 쏟아진다. 내 앞에 보이는 게 뭘까? 카키색 군복을 입고 똑바로 서 있는 어떤 사람의 거대한 몸이, 햇빛으로 부신 내 두 눈으로 들어온다. 얼굴이나 발은 보이지 않는다. 세로로 나란히 단추가 달린 군복의 앞섶, 허리에 매달린 묵직한 군도(軍刀), 소매 끝으로 비어져 나온 팔과 손, 튼튼한 나무 둥치 같은 넓적다리가 무릎까지 보인다. 초록 면양말을 신었지만 더는 가릴 수 없는 내 두 발이 햇빛 아래 잔인하게 드러난다. 경직된 발 옆에는 나의 책… 가느다란 주황색 선으로 가장자리를 두른 흰색 표지의 책이 있다. 검은색 큰 글씨의 책 제목이 쨍한 햇살 아래 무자비하게 드러난다. 『그대들, 어떻게 살 것인가』. 제목 밑으로 작은 글씨의 저자 이름이, 그 밑으로 그 책이 속한 컬렉션인 〈평민 총서〉라는 글자가 중간 크기로 인쇄되어 있다. 저 사람이 책을 집어 들면 어쩌지? 시놀리! 그를 앞질러야 해! 아니, 가만히 있는 게 낫겠어… 나는 책 위에 올려놓았던 오른손을 순식간에 거둬들였다. 떨리는 손을 천천히 움켜쥐었다. 길게 느껴진 몇 초의 시간이 흐르고… 그가 무엇을 하는지 모르겠다. 꼼짝하지 않고 있으니… 두렵다. 나는 본능적으로 두 눈을 감는다. 침묵이 계속된다. 나는 다시 두 눈을 반쯤 뜬다. 그 순간 그는 주저하는 듯이, 자신이 하는 일에 확신이 없는 듯이 천천히, 아주 천천히 몸을 숙인다. 군복과 같은 카키색 군모를 쓴 남자의 얼굴이 내 눈앞에 나타난다. 역광으로 인해 그 얼굴은 짙은 그림자에 감춰져 있다. 군모의 가장자리 밑으로 똑같은 카키색 천 조각이 어깨까지 드리워져 있다. 두 눈만이 어둠 속을 염탐하는 새끼 고양이의 눈처럼 반짝인다. 이제 나는 두 눈을 크게 뜨고 그의 두 눈을 만난다. 두 눈 주위에 그려지고 펼쳐지는 신중한 미소를 알아볼 수 있을 거 같다. 그가 무얼 하려는 걸까? 나를 해치려는가? 나를 이 피난처로부터 강제로 끌어낼 것인가? 나는 더더욱 몸을 웅크린다. 돌연 그가 몸을 옆으로 기울여 자세를 조금 낮추더니 망가진 바이올린을 집어 들고 다시 몸을 바로 세운다. 아마도 좀 전에 그가 그 바이올린을 내가 숨어든 장롱 옆 벤치에 올려놓았을 것이다. 그때 갑자기 크고 다급한 목소리가 들려오고 어떤 남자가 서둘러 다가온다.

"쿠로카미! 쿠로카미!"

그는 그 목소리가 정확히 어디서 들려온 건지 알아보려는 듯이, 누가 자기를 부르는지 확인하려는 듯이 기계적으로 고개를 돌린다. 반면 그의 얼굴에는 신경질적인 경련이 퍼져간다.

그는 아무 말 없이 깨진 바이올린을 내게 건네준다. 네 개의 줄이 가운데의 불룩한 곡선을 그려내는 악기는 거의 납작해져 있었고 마치 어둠 속에서 죽어가는 작은 동물 같았다. 나는 어찌해야 할지 몰라 머뭇거리다가… 두려워하며 망가진 악기를 마침내 두 손으로 받아 든다.

"쿠로카미! 쿠로카미 중위!"

그는 마지막으로 나를 노려보더니 서둘러 장롱문을 닫는다. 초조하고 당황한 눈빛으로 나를 바라보다가 살그머니 미소가 번지던 그의 시선은 좀 전부터 그의 이름을 외쳐 부르던 사람이 다가오는 소리에 재빨리 거두어진다.

"아, 여기 있었군! 쿠로카미, 여기서 뭐 하는 거야? 철수하고 있어. 꾸물거릴 시간 없다고."

"네, 대위님! 죄송합니다. 잊어버린 게 없는지 확인 중이었습니다…"

　감감한 장롱 안에서 나는 좀 전에 '쿠로키미'를 외쳐 부르던 자의 거친 목소리를 분간한다. 쿠로카미라는 이름을 듣고 내가 놀란 까닭은 검은(쿠로) 머리카락(카미)이라는 뜻을 가진 성(姓)이 있을 수 있다는 걸 상상할 수 없었기 때문이다. 그 남자는 내가 잘 이해할 수 없는 단어들을 매우 권위적으로 혹은 몹시 화가 난 말투로 외치고 있다. 그가 날 두렵게 한다. 그에게 대답하는 또 다른 목소리는 차분하고 조용하며 거의 온화하다. 이것이 나에게 바이올린을 돌려주었던 사람의 목소리인가?

　두 목소리가 점점 멀어진다. 발걸음 소리도. 나는 어둠 속에 남아 있다. 곧이어 아무 소리도 들리지 않는다. 아니, 긴 복도 끝에서 이제 곧 죽어가는 매미들의 희미하고 끈질긴 울음소리 같은 게 귓가에 울린다. 그건 이명(耳鳴)이다. 얼마 전 아버지로부터 배운 단어인데 침묵의 소리라는 뜻이다. 나는 자물쇠 구멍으로 바깥을 내다본다. 검은 커튼이 내려져 있어 실내가 어둑했으나 네온 불빛 덕분에 그곳에 아무도 없다는 걸 충분히 확인할 수 있었다. 몇 시일까? 해가 지려면 아직 멀었지만 배가 고프기 시작한다. 귀를 쫑긋해 보니… 이제 정말 아무도 없다는 생각이 든다. 나는 장롱의 걸쇠를 가만히 들어 올리고 아주 작은 소리도 내지 않으려고 애쓰면서 살짝 문을 열어본다. 그런데 삐걱 소리가 난다… 조용히 해!, 라고 속으로 말하고선 잠시 기다린다… 역시 아무것도 없고 여전히 조용하다. 이제 아무도 없다. 발소리를 내지 않으려고 벗어두었던 천 운동화를 다시 신는다. 망가진 바이올린을 손에 들고, 책은 바지 주머니에 집어넣고, 숨어 있던 곳에서 나온다. 소심하게 몇 걸음 걷다 보니 발이 아프다. 아! 다리에 쥐가 난다. 나는 멈춘다. 잠시 기다린다. 다시 걷는다. 커다란 실내를 가로질러 출구 쪽으로 간다. 온몸으로 입구의 묵직한 문을 민다. 이제 나는 시립문화센터 건물 앞에 서 있다. 눈을 들어 하늘을 본다. 날이 저물고 있다. 어두워지기 시작한다. 당혹스럽고 외로운 느낌이 든다. 울컥하니 목울음이 치민다. 거대하고 시커먼 힘이 형태도 없는 압도적인 그림자를 드리우며 나를 짓눌러온다. 사람들이 거리를 지나가고 있다. 어깨에 총을 멘 군경 순사들이 순찰을 돌고 있다. 내 주변에 아이라곤 한 명도 보이지 않는다. 아빠는 어디로 갔을까? 다시 여기로 오실까? 아니면 곧장 집으로 돌아가실까? 나는 집으로 향하는 길로 접어든다. 발걸음을 재촉한다. 부서진 바이올린을, 마치 무슨 수를 써서라도 살려내고 싶은 죽어가는 동물인 양 껴안고서…

나는 활짝 열린 벽장의 제단 앞에 꼼짝하지 않고 서 있다. 두 눈은 감고 있다. 내 뒤에서 여성의 존재가 뿜어내는 은은한 향기를 느낀다. 나는 천천히 시간의 어두운 계단을 내려간다…

알레그로 마 논 트로포

1

햇살이 여리게 비치던 어느 일요일 오후였다. 열한 살의 중학생 소년이 시립문화센터 회의실의 등받이 벤치에 혼자 앉아 책을 읽고 있었다. 그는 책에 집중하고 있었다. 규칙적인 간격으로 책장을 넘기며 읽고 있는 책으로부터 그의 관심을 돌릴만한 건 아무것도 없어 보였다. 그는 동상처럼 미동도 없이 자신이 따라가는 이야기와 자신이 좋아하는 단어들에 흠뻑 빠져 있었다. 단출한 회색 웃옷을 입은 그의 아버지는 바닥 여기저기 흩어진 먼지 뭉치들을 빗자루로 쓸고 있었다. 간단한 청소를 끝낸 후, 그는 집에서 가져온 두 개의 접이식 보면대를 나란히 세워 놓았다.

"자, 레이야, 그 코페르 이야기 재미있니?"

레이는 입도 뻥긋하지 않았다. 코페르는 코페르니쿠스에서 따온 이름으로 아이가 읽고 있는 책의 주인공인 열다섯 살짜리 일본 중학생이다. 실제로는 호감의 표시로 '군'이라는 접미사를 붙여서 코페르 군이라고 불렀다.

"우리가 연습하는 동안은 책을 계속 읽어도 되지만 사람들이 도착하면 인사를 해야 한다! 알겠지?"

"네, 아빠."

소년은 책에서 눈을 떼지 않은 채 가볍게 숨을 들이마시며 낮은 소리로 대답했다. 아버지는 홀 쪽을 향해 갔다. 그가 복도로 사라지는가 싶더니 곧이어 커다란 빈 상자 두 개를 들고 되돌아왔다. 그것은 과일 운반용 상자도 하나는 갈색 다른 하나는 귀퉁이에 귤이 그려진 노란색 상자였다. 아버지는 두 개의 상자를 철제 보면대에 나란히 붙여놓아 보면대를 에워싸게 했다. 그리고 아들에게 말을 걸었다.

"어디 읽고 있어?"

"…"

아버지가 목소리를 높였다.

"레이, 어디 읽고 있냐고?"

"아, 미안해요, 아빠… 음… 붓다의 동상들 나오는 페이지요, 그 간…다…라…"

레이가 '간다라'라는 단어를 더듬거리며 말했다.

"아, 아저씨가 코페르 군에게 그리스인들이 아시아 사람들보다 훨씬 앞서서 붓다 동상을 만들 생각을 했다는 걸 설명해 주는 장면이구나… 그 부분이 아주 멋지지!"

"이제 곧 끝나가요, 아쉽게도!" 레이는 얼마 남지 않은 페이지를 바라보며 중얼거렸다.

"그래, 눈물은 나지 않던?"

"왜 아니에요, 키타미 군이 우라카와 군을 옹호하려고 야마구치를 비난할 때요. 다들 그를 조롱하잖아요, 가엾게도!"

"야마구치와 그의 무리가 우라카와 군을 놀려대지. 우라카와 부모님이 두부 장사라 매일 같이 도시락에 두부를 싸 온다는 이유로. 그거지?"

"맞아요. 그리고 다른 장면도 있어요. 코페르가 자신의 두 친구 편에 설 용기가 없었을 때요… 그 친구들이 선배들 패거리한테 학대를 당했는데도! 전 울지는 않았지만 그 거만한 선배들에 대해 정말로 화가 났어요. 선배들은 키타미 군에게 복종을 명령했어요! 그렇게 하지 않으면 학교를 좋아하지 않는 학생으로, 배신자로 몰아갔죠!"

"그래, 그 장면 흥미진진하지! 근데 그 뒤에 이어지는 이야기도 좋지 않던? 코페르가 바로 그 자신의 비겁함 때문에 괴로워하는 아주 멋진 얘기들… 그리고 아들을 매우 다정하게 위로해 주는 그의 어머니! 코페르의 어머니는 네 엄마 생각이 나게 하더구나…"

"네, 그래요, 커다란 보따리를 손에 들고 절의 계단을 오르던 할머니 앞에서 그의 어머니가 소심함 때문에 혹은 용기가 없어서 할 수 없었던 일을 이야기할 때요… 그 얘기에 눈물이 났어요… 코페르에게는 아버지가 없고 나는 엄마가 없고… 우리는 조금 닮은 구석이 있어요…"

22

"레이야, 네가 그걸 다 읽고 난 다음에 우리가 그 책에 대해 함께 이야기해 보면 좋겠구나…"

벌써 책의 마지막 페이지들에 푹 파묻힌 레이는 대답이 없었다.

바로 그 순간, 홀에서 발걸음 소리가 들려왔다. 키가 크다 싶은 금발의 사십 대 남자가 들어섰다. 그는 갈색 정상에 파란 빛 스카프를 목에 두르고 있었다.

"안녕하세요, 유, 잘 지냈어요? 당신들이 있을 줄 알았어요. 오늘 오후에 음악가 친구들하고 연습한다고 해서…"

"아, 안녕하세요, 필립! 반가워요! 어쩐 일로 여기까지? 여기서 볼 줄은 몰랐네요." 유가 조금 머뭇거리며 그러나 완벽하게 정확한 프랑스어로 대답했다.

"그게…"

"걱정스러운 모습이네요, 필립…"

낯선 방문객은 유의 어깨 너머로, 읽던 책을 중단하고 생각에 잠긴 모습으로, 대화 중인 두 어른을 바라보는 소년을 주목했다.

"레이 군, 겐키? 나니오 욘데루노 스코쿠 오모시로소우다네 소노 혼?(잘 있었니, 레이, 뭘 그렇게 열심히 읽고 있어)?" 필립은 비록 레이의 귀에 낯설게 울리는 억양에도 불구하고 완벽하게 이해 가능한 일본어로 묻고서는 레이가 하려던 대답을 기다리지도 않은 채 유를 뚫어지게 처다보았다.

"아내와 나는 프랑스로 돌아가기로 결정했어요. 이곳의 생활이 어려워져서… 귀국 요청을 했어요. 신문사의 결정은 지체되지 않을 겁니다… 아무튼 이 모든 걸 당신과 이야기했으면 하는데, 당신이 시간이 없으니…"

유는 손목시계를 들여다보았다.

"그래요, 사람들이 곧 도착할 거예요. 오늘 저녁에 우리 집에 올 수 있어요? 아니면 내가 당신을 보러 가도 좋고요. 내일 저녁도 괜찮아요."

"좋아요, 오늘 저녁에 당신 집으로 갈게요. 한데, 방해가 안 된다면 조금 늦은 시간에, 8시나 8시 반쯤에요." 필립이 잠깐 주저하다 대답했다.

바로 그때, 유가 기다리던 사람들이 홀 안으로 들어왔다. 스물다섯에서 서른 살 사이의 두 남자와 한 여자였다. 유는 그들에게 고개를 숙여 인사하며 악수를 했다. 그러고 나서 그들에게 필립을 소개하며 프랑스 신문사의 특파원이라는 말을 덧붙였다. 유의 친구들은 중국 국적이었다. 그들 중 가장 젊은 남자는 강(康)으로 불렸다. 그의 왼손에는 바이올린 케이스가 들려 있었다. 양펜(硯芬)이라는 이름의 젊은 여성은 비올라 연주자로 강의 바이올린 케이스보다 조금 더 큰 케이스를 들고 있었다. 이 두 사람보다 좀 더 나이가 있어 보이는 마지막 남자는 턱수염을 기르고 이마는 벗어져 있었는데 씩씩한 모습으로 첼로 케이스를 어깨에 메고 있었다. 그의 이름은 쳉(成)이었다. 이 세 명의 젊은 아마추어 음악가들은, 식민지 팽창주의에 사로잡힌 일본 제국과 침략당한 그들의 나라 중국 사이에 벌어진 1931년의 만주 사변 이래 끊임없이 증대하던 상호 적대감 앞에서도, 과격한 민족주의의 편협한 시각 안에 갇혀 있지 않았던 흔치 않은 중국 학생들이었다.

"미주사와 상, 교우와 오이소가시이 노 데와 나이데스카? (미주사와 씨, 오늘은 바쁘신가 보네요?)" 쳉이 넓적한 얼굴에 번지는 미소와 함께 유창한 일본어로 유에게 물었다.

유는 쳉이 자신의 기자 친구를 얼핏 쳐다보는 것을 주목했다.

"아니, 걱정 말아요, 쳉 상. 곧 갈게요. 필립과는 나중에 따로 시간을 갖기로 했어요."

유는 그들을 부를 때마다 이름 뒤에 정겨운 예의를 표하는 일본어 접미사 '상'을 붙였다. 좀 전에 쳉이 유의 성인 '미주사와'에 그랬던 것처럼.

"여러분 연주를 좀 듣고 갈게요. 저는 신경 쓰지 말아요, 유."

"고마워요, 필립. 그럼 우리는 오늘 저녁에 봅시다."

"그래요."

유는 등받이 벤치 바로 옆에 있는 창고 쪽으로 갔다. 그곳에서 앉은뱅이 의자 두 개를 끌어내면서 주변 일에 아랑곳없던 아들에게 말했다.

"레이, 사람들 왔잖아. 인사해야지!"

아들은 고개를 들었고 아버지 친구들인 세 명의 중국인이 악기를 꺼내고 있는 모습을 바라보았다.

"곤니치와!(안녕하세요!)" 레이는 그들에게 허리를 살짝 굽히며 밝은 목소리로 인사했다.

중국인 음악가들도 동시에 그에게 화답했다. 남자들은 손을 들어 인사했고 양펜은 아름다운 미소와 함께 레이를 그토록 사로잡고 있는 책이 뭔지 궁금하다고 말했다. 레이는 부드러운 여성의 목소리와 흐르듯 유창한 그녀의 일본어 발음에 놀라워했다. 그는 젊은 여인을 바라보았다. 그녀는 날씬한 몸매를 도드라지게 하는 짙은 밤색 원피스를 입고 있었다. 갸름한 얼굴은 순백의 빛을 발했다. 중간 길이의 검은 머리카락은 드러난 목덜미 뒤로 묶여 있었다. 두 눈은 마치 보석을 뒤집어 놓은 듯 은은한 아침 햇살을 온 사방으로 비추어 냈다. 루즈를 바르지 않은 입술이 따스한 봄바람에 흔들리는 초록 잎사귀처럼 움직였다. 젊은 여인의 턱은 신비로운 곡선의 출발점이 되어 가슴의 은밀한 동그라미에 이르고 있었다.

제 자신의 무례한 시선에 당황한 레이는 침착을 되찾고자 얼른 책으로 고개를 숙였지만 혼란스러워진 주의력에 어디를 읽고 있었는지 찾아낼 수 없었다.

유는 보면대 앞에 앉은뱅이 의자들을 배치했다. 강이 창고에서 두 개의 의자를 더 가져와 박스들 옆에 놓인 다른 의자들 옆에 놓았다. 유는 벤치와 커다란 장롱 사이 마루판자 위에 놓아둔 케이스에서 자신의 바이올린을 꺼냈다. 마호가니로 조각된 그 유럽식 장롱은 묵중하면서도 은밀한 존재감을 드러내고 있었다. 유는 케이스를 정돈하기 위해 무심하게 창고 쪽으로 갔다.

이제 네 사람은 반원을 그리며 둘러앉았다. 유는 제1바이올린을, 강은 제2바이올린을 맡았다. 강 옆에 비올라 연주자인 양펜이 자리하고 첼리스트 쳉은 유와 거의 마주보는 자세로 2미터 거리를 두고 자리했다. 각자 자신의 악보를 보면대 혹은 상자 위에 세워두고 제각기 악기 조율을 시작했다. 불현듯 뭔가 중요한 일을 기억해 낸 듯이 유가 아들에게 말했다.

"레이, 미안하지만 검은 커튼을 내리고 불을 켜주겠니?"

이번만큼은 레이가 재빨리 움직였다.

"오늘이 우리의 세 번째 만남이지만 여전히 1악장이에요!" 유가 필립에게 말하고서는 방금 프랑스어로 했던 말을 중국인 친구들에게 일본어로 옮겨주었다.

"다행이죠! 우리의 즐거움을 최대한 연장하려고 노력하는 겁니다!" 쳉이 농담하듯 말했다. "우린 서두르지 않아요, 아무렴요!"

네 사람 모두 진심으로 웃었다. 필립 또한 기분 좋게 따라 웃긴 했으나, 음악가들의 유쾌함 안에서 제대로 감춰

지지 않은 일말의 초조함이 감지된다는 생각이 들었다.

"시작할까?" 유가 세 명의 다른 음악가들에게 말했다.

긴 침묵이 이어졌다. 그러고 나서 강이 비올라 주자와 첼로 주자에게 아주 가볍게 고개를 위아래로 흔들며 출발 신호를 주었고, 유는 천장에서 내려온 네온 불빛에 반짝이는 자신의 악기를 턱에 대고 활은 여전히 허공에 둔 채 임박한 자기 차례를 기다리고 있었다. 양펜과 쳉이 동시에 실현해 낸 묵직한 음의 규칙적인 출렁임에 맞춰 강이 애잔한 멜로디를 피아니시모*로 매우 부드럽게 그려냈다.

음악 애호가를 넘어 청소년기부터 클라리넷을 연주해 오던 필립은 즉각적으로 그것이 슈베르트의 현악 4중주 A 단조 작품 번호 29번, 일명 〈로자문데〉의 도입부임을 알아챘다. 오래전부터 듣지 못했던 그 음악의 전율하는 아름다움에 취한 필립은 몇 분 동안 꼼짝하지 않고 레이 곁의 의자에 앉아 있었고, 레이 또한 읽던 책을 펼쳐놓은 채, 악보에 완전히 몰입하고 있는 아버지를 뚫어지게 바라보았다. 하지만 필립은 자신의 회중시계를 흘깃 쳐다본 후 살그머니 자리에서 일어났다. 그는 레이의 머리에 부드럽게 손을 올리고 그의 귀에 대고 속삭였다. "바이바이 마타네 (곧 보자)!" 그런 다음 연주 중인 음악가들을 쳐다보지 않고 까치발로 출입문에 다가갔다. 그러나 필립은 문을 도로 닫기 직전에, 깊고 강렬한 눈빛으로 유를 응시했고 유는

---

* 악보에서, 매우 여리게 연주하라는 말.

알아볼 듯 말 듯한 미소로 그에게 응답했다. 3인의 중국 음악가들은 조심스레 떠나기는 프랑스 신문 기자로 인해 방해받지 않은 채 그들의 악보에 집중했고, 중학생 레이는 이미 자기 책 속으로 다시 빠져들었다.

2

최근에 결성된 그 중일 4중주단은 이름이 없었다. 그
것은 다른 모든 것은 차치하고, 즉 슈베르트의 음악 이외
의 모든 것은 잊고 온갖 세상사로부터 거리를 둔 채 자기
자신과 다른 사람들의 소리에만 집중하며 오로지 음악적
즐거움만 공유한다는 단 하나의 원칙을 기반으로 세워졌
다. 이제 구성원들은 〈로자문데〉의 첫 악장을 탐색하는 길
로 한 걸음씩 나아갔다. 그 거대한 악장의 실행에는 약 15
분이 요구되었다. 거의 30분에 걸쳐 열심히 연주했지만
고생의 끝에 다다르기는커녕 아직 멀기만 했다. 그들은 반
복구 연주를 끝마쳤다. 그렇다고 해서 그 너머로 가기 위
해 '세콘다 볼타*'를 공격할 준비가 되었다는 느낌은 들지
않았다. 양펜은 처음부터 다시 해보자고 했고 뭔가 석연치
않은 느낌이 들 때마다 멈추자고 제안했다.
　"당신들 생각은 어때요?"

---

* 반복 기호의 두 번째 부분을 지칭한다.

여전히 책에 빠져 있던 레이는 여자 목소리에 고개를 들고 젊은 여인을 바라보았다. 어떻게 저 여인은 외국인 티가 조금도 없이 진짜 일본인처럼 '유창하게' 자기표현을 하는지 궁금했다. 너무나도 자연스럽고 우아한 그녀의 말소리는 레이에게 감탄 섞인 놀라움을 불러일으켰다.

"나도 처음부터 다시 했으면 싶어요." 강이 소심하게 되받았다. "내가 맡은 루세 세시부가 선혀 만족스럽지 않아서…"

"비올라와 첼로가 특별한 리듬 구성으로 베이스를 마련하잖아요. '타… 타카타카타…, 타… 타카타카타…, 타… 타카타카타…' 이렇게요." 쳉이 끼어들었다. "우리 소리가 온전하게 강 상의 소리와 합쳐져 화합된 것 같지 않아요…"

쳉은 강 혹은 양펜과 일본어로 이야기를 나누는 상황에 놓일 때면 자주 그들의 이름에 접미사 '상'을 덧붙이곤 했다. 그는 그 접미사가 표현해 내는 듯한 우정 어린 평등의 느낌과 예의를 높이 평가했다.

"네, 맞아요."라고 양펜이 대답했다. "음량에 어느 정도의 풍성함을 실어낼 수 있어야 할 거 같아요… 우리가 견고한 바탕을 만들어 내지 못하면 제1바이올린이 완벽하게 아름다운 주 테마를 들여앉힐 수 없을 거예요…"

"양펜 상, 당신 말이 옳아요." 이번에는 유가 말했다.

유는 말을 하면서 동시에 숙고하듯이, 자신이 조심스

럽게 선택한 단어들을 입에 떠오르게 하면서 천천히 말을
이어갔다.

"슈베르트가 채택한 템포에 따라 잘 맞춰가야 할 것 같
습니다. 슈베르트가 '알레그로 마 논 트로포*'라고 표시했
어요. 내 생각에는, 어느 정도의 진중함, 작품에 내재하는
진중함을 표현하기 위해서는 충분히 느리게 연주해야 하
지만 또 너무 지나치지 않도록 해서 감정의 과잉에 빠지
지 않게 해야 할 것 같습니다."

"우리가 너무 빠르게 연주했어요…" 쳉이 양펜을 바라
보며 중얼거렸다.

"네, 그런 것 같아요." 유가 대답했다.

그러고 나서 계속해서 말했다.

"내가 연주할 테마는 이전 세상에 대한 향수를 표현한
것 같은데, 그것은 어쩌면 유년기와 혼동될 수도 있고 어
쨌든 평온하고 고요한 세상, 추하고 폭력적인 오늘날보다
는 더 조화로운 세상일 겁니다. 반면에 비올라와 첼로가
제시한 모티프인 '타… 타카타카타…, 타… 타카타카타…'
는 겉으로는 혼란하지 않은 삶을 침범하려는 집요한 위
협의 현존으로 들려요. 강 상이 도입하는 멜로디는 우리
마음 깊숙이에 놓여 있는 불안한 슬픔을 표현하고 있어
요…"

"아, 매우 정확한 말이네요, 미주사와 상!" 강이 외쳤다.

* 악보에서, 빠르지만 지나치게 아니하게 연주하라는 말.

젊은 중국인은 유가 사용한 표현이 자신이 그려내야 했던 도입부의 모티프에 대한 감정을 완벽하게 나타내고 있다고 생각했다. 불안한 슬픔이라는 표현에 양펜 또한 무감할 수 없었다. 어떤 멜로디, 〈마왕〉**에서 피아노 반주로 표현되는 집요하고 비범한 멜로디가 그녀에게 떠올랐던 것이다. 하지만 그녀는 그것을 말하지는 않았다.

"다시 시작해 볼까요!" 쳉이 제안했다.

네 명의 음악가들은 1악장의 처음을 다시 연주할 준비를 했다. 몇 초의 긴 침묵 후에 이윽고 강이 매우 신중한 고갯짓으로 시작 신호를 주었다. 좀 더 느리게 연주한 비올라와 첼로의 불안한 리듬이 잔잔한 흔들림에 의해 지탱되고, 제2바이올린의 유연하고 흐르는 듯한 중간음이 그려낸 슈베르트의 소리 정경이 이번에는 이루 말할 수 없는 슬픔을 분명하게 강조하며 나타났다.

'도미도시도미라미, 도미도시도미라미'

바로 그때 유가 아주 부드럽게 음악 속으로 미끄러져 들어왔고 세 개의 악기가 '피아니시모'로, 그러나 견고하게 자리한 바탕소리 위에 얹어졌다.

'미~~~도~라~~, 도~시~~~레도시도시라~~도~시~~~솔#~도~~라레~~레#~~미~~~'

유는 주변 세상으로부터 완전히 벗어난 내면의 집중이 소리의 질감 속에 좀 더 깊숙하게 침투하는 일을 도와줄

** 괴테의 시 〈마왕〉에 슈베르트가 곡을 붙여 만든 가곡.

듯이 두 눈을 감고 연주했다. 테마 전개를 끝마치고 두 눈을 뜬 유는 합주자들에게 미소 띤 모습을 보이며 그 기세를 유지하여 계속 이어나갈 것을 제안했다.

그리하여 4중주단은 단숨에 1악장 초반부 전체를 연주했고, '세콘다 볼타'가 시작되는 지점에서 네 명의 음악가들은 미리 합의라도 한 것처럼 자연스럽게 멈추었다.

"훨씬 좋은 것 같습니다…" 강이 머뭇거리며 말했다.

"네, 아주 좋은 것 같아요. 공동 작업에 참여하니 정말 즐거워요!" 양펜이 얼굴에 가벼운 홍조를 띠며 열정적으로 말했다.

"장조로 바뀐 테마를 내가 썩 잘 연주하진 못했어요." 유는 활에서 해방된 오른손으로 머리를 긁적이며 말했다.

"아니 그렇지 않아요, 나쁘지 않았어요, 미주사와 상." 강이 서둘러 대답했다.

"그게 아름다움이 섞여든 순간인데! 내가 그 높이에 이르지 못한 것 같아요…"

"그 성조의 변화가 정말 멋있지요!" 쳉이 외쳤다. "마치 풍경이 돌연 순간적으로 밝아지는 것 같아요."

중일 4중주단은 거의 한 시간 동안 그런 식으로 계속해 나갔고 1악장 전체의 연주를 그럭저럭 끝냈다. 제1바이올린이 마지막 스무 소절을 답파하기 위해 우수에 젖은 주요 테마를 다시 연주할 때 4중주단의 각 구성원들은 저마다의 마음 깊숙한 곳에서 현기증 나는 정상을 향해 하나의 길을 함께 걸어 올라가는 느낌이 들었다. 포르티시모*를 지나 피아니시모로, 그리고 다시 포르티시모로, 두 개의 바이올린은 우수 어린 고독의 그림을 완주해 갔고, 한편 비올라와 첼로는 여전히 위협적이며 차츰 상승해 가는 힘찬 저음으로 콘서트를 보완해 주었다. 마침내 그들이 A단조의 마지막 음조들을 따라 하강할 때, 안도의 한숨과 만족의 미소에 뒤이어 긴 침묵의 순간이 시작했다.

"휴우!" 유가 소리쳤다. "중간에 조금 비틀거리긴 했지만, 그럼에도 끝까지 갈 수 있었네요."

그의 얼굴에 엷은 미소가 그려졌다. 가로 주름이 파인 그의 이마에 땀방울이 반짝였다. 그는 잠시 휴식할 것을 제안했다.

"좋지요." 쳉과 강이 동시에 대답했다.

"차 한잔할까요? 제가 물을 끓이죠." 유가 말했다.

그들은 악기를 내려놓기 위해 창고로 갔다.

"미주사와 상, 제가 할게요." 양펜이 밝고 매력적인 목소리로 말했다.

각자의 악기를 케이스에 도로 넣은 후에 젊은 중국 여인은 유가 건네준 작은 차 상자를 손에 들고 창고 맞은편 옆에 위치한 조그만 간이 주방으로 갔다.

---

* 악보에서, 매우 세게 연주하라는 말

3

양펜이 커다란 흰색 다기(茶器)를 들고 돌아오자, 유는 보면대로 쓰였던 두 개의 상자에 하늘색 헝겊을 덮고 그 위에 모양새가 각기 다른 다섯 개의 찻잔을 올려놓았다.

"설탕이 많지 않네요, 설탕 원하시는 분?"

"저요." 이제 막 책을 덮은 레이가 명랑하게 외쳤다.

양펜은 찻잔에 차를 따랐다. 급조한 테이블 한가운데에 사블레 과자를 담은 접시가 놓였다.

"드세요." 유가 편하게 말했다.

"어쨌거나 굉장한 음악이에요!" 강이 단언했다.

"맞아요, 정말 그래요." 쳉이 이타다키마수*라는 말과 함께 사블레 과자를 하나 집으며 동의했다.

"광기에 휩싸인 세상 앞에서 한없이 깊은 우수에 잠긴 시인 슈베르트의 고독, 그건 대단한 것이지요… 나도 강처

---

* いただきます 식사 시작 전에 사용하는 표현이다. 말 그대로 "차려주신 것을 잘 먹겠습니다"라는 뜻이다. (원주)

럼 미주사와 상의 그 표현이 마음에 꽂히고 깊이 공감해요." 양펜이 긍정했다.

이어서 양펜은, 첼로가 표현해 내는 어렴풋한 불안 바로 위 혹은 그 옆에서 노래하는 슬픔의 멜로디가 아마도 슈베르트 악곡의 특징 중 하나일 것이라며 슈베르트의 말년 작품들인 피아노 소나타에서 그 점이 꽤 자주 발견된다는 말을 덧붙였다.

"양펜 상은 피아노 연주도 하나요?" 유가 물었다.

"네, 중국에서는 규칙적으로 했어요, 하지만 지금은 안 해요. 도쿄에는 내 피아노가 없거든요."

"멜랑콜리는 저항의 한 방식입니다." 유가 단언했다. "이성을 잃어버린 세상, 악마로 인해 개인성 박탈로 이끌려 가는 세상에서 어떻게 제정신으로 남아 있을 수 있겠어요? 슈베르트는 지금 여기 우리와 함께 있습니다. 그는 우리의 동시대인이에요. 내가 마음 깊이 감동하는 게 바로 그겁니다."

사블레 과자 두세 개를 차에 적셔 먹은 레이는 이미 벤치로 돌아가 있었다. 그리고 다 읽은 게 분명한 자기 책을 또 들여다보았다. 그는 몇몇 페이지들을 들춰내어 배가 된 집중력으로 다시 읽었다. 하지만 그는 아버지가 말을 할 때마다 고개를 들었고, 어른의 말이라 그 의미를 충분히 알아낼 수는 없었지만 아버지가 주장하는 얘기에 점점 더 주의를 기울였다.

"어쨌든 나는 이게 어떤 의미가 있다고 생각해요." 유는 확신을 갖고 말을 이어나갔다. "1938년인 오늘, 도쿄 한구석에서 중일 4중주단이 슈베르트의 〈로자문데〉를 연주한다는 사실 말입니다… 나라 전체가 호전적인 망집에 빠져 개개인을 우리와 그들로 갈라치기 하는 암적인 민족주의에 삼켜진 듯하니…"

"그런데 미주사와 상, 목소리가 너무 커요." 강이 속삭였다.

"죄송합니다."

"차 더 드실 분 계시나요?" 양펜이 물었다.

쳉이 자기 잔을 양펜에게 내밀었다.

"미주사와 상은?"

"아니요, 전 됐습니다."

그러자 양펜은 책을 뒤적거리던 아이에게 말했다.

"레이 군, 차 더 줄까요?"

"네, 더 주세요."

아이가 성큼 다가왔고 양펜은 그의 찻잔을 채웠다.

"조심해, 아주 뜨겁단다."

양펜은 미소를 지으며 레이에게 사블레를 하나 건넸고, 아이는 수줍게 고마워하면서 찻잔을 손에 들고 찻물이 쏟아지지 않도록 조심스레 걸어 벤치로 돌아갔다.

"여러분 모두에게 묻고 싶은 게 있어요." 유가 불쑥 말을 꺼냈다. "음악과는 아무런 관련이 없는 질문입니다."

세 중국인은 일본인 친구의 급작스레 엄숙해진 어조에 당황하며 서로를 돌아보았다.

"학업을 위해 일본에 머물던 대부분의 중국 학생들은 작년에 두 나라가 대립하며 전쟁을 일으키자 고국으로 돌아갔어요. 그런데 여러분은 왜 여기 남아 있기로 한 건가요? 당신들로서는 상당히 용기 있는 결정일 텐데…"

쳉이 자발적으로 말을 받았다.

"작년부터 많은 중국인이 조국으로 돌아간 건 사실입니다. 내가 보기에도 유학생 수가 눈에 띄게 줄었어요. 하지만 전쟁에도 불구하고 새로 오는 사람들도 있어요. 많지는 않아도 있긴 있어요. 일중 문화센터도 여전히 일을 하고 있고…"

"쳉, 너는 미주사와 상의 질문에 대해 정확한 대답을 하고 있지 않아." 양펜이 끼어들었다. "부인할 수 없는 난관들, 전쟁이라는 현 상황의 분명한 위험에도 불구하고 넌 어째서 일본에 남아 있느냐는 게 미주사와 상의 질문이야."

양펜이 흡사 라디오 방송의 여자 아나운서처럼 놀라울 정도로 분명한 발음으로 나무랄 데 없이 구사한 일본어 문장은 또다시 레이의 호기심을 일깨웠다. 그는 고개를 들었고, 이제는 슈베르트의 음악을 벗어난 주제의 대화로 빠져들고 있는 어른들을 주의 깊게 살펴보았다.

"나는 4년 전부터 도쿄에서 살고 있어요. 공식적으로

는 아직 학생이지만 이곳에 뿌리를 내리기 시작한 삶을 영위하고 있고요. 아주 친하게 지내는 친구들도 있어요. 그리고 함께 미래를 가꿔가기로 한 일본인 여자 친구도 있고…"

쳉은 한 잔만으로도 대뜸 취면 상태에 빠지곤 하던 맥주를 마신 것처럼 얼굴이 새빨개졌다.

"마르코 폴로 교각 사건* 이래로 두 나라가 공개적인 전쟁 상태에 들어선 건 사실입니다." 이번에는 강이 소심한 목소리로 말을 이었다. "하지만 나는 중국에 전적으로 동의하지는 않아요. 나는 중국인이고 중국어를 사용하지만 개인으로서의 나는 우선 그러한 소속에서 자유로운 온전한 한 사람이라고 생각해요. 나는 한 사람의 중국인이기에 앞서 한 인간 존재라는 점을 납득하려고 노력해요. 마찬가지로 나의 일본 친구들을 그들의 국가와 동일시하지 않으려 하고요. 민족적 적대감을 넘어서는 우정의 관계를 믿고 싶거든요…"

조금 주저하면서 특별한 억양이 묻어나는 일본어로 차분하게 이어진 강의 발언은 양펜의 반응을 불러일으켰다. 그 순간 무릎에 책을 펼쳐놓고 벤치에 앉아 있던 레이가 살그머니 일어섰다. 그는 유에게 다가가 그의 등 뒤에 섰고, 가슴에 책을 품은 채 아버지의 왼쪽 어깨에 자신의 오

---

* '칠칠사변'으로도 불리는 마르코 폴로 교각사건(노구교 사건)은 중일 전쟁의 도화선이 된 양국 군대의 충돌사건으로 1937년에 일어났다.

른손을 얹었다.

"나도 강처럼 그리고 물론 미주사와 상 당신처럼 생각해요. 이건 우리끼리 이야기니 진심으로 말하지요." 양펜이 소리를 낮추어 말했다.

"솔직히 나는 일본 제국의 식민지적 팽창주의에 대해 분개하지만 그렇다고 해서 개개인과 그들을 통합하는 국가를 혼동하지는 않아요. 오늘날의 세계에서 우리는 어쩔 수 없이 국가에 복종하지요. 그렇지만 각자는 우선 무엇보다도 모든 소속을 넘어서서 한 개인으로 규정되어야 할 겁니다. 나는 분명 중국인이고 중국어로 말하지만 내가 그런 것들로 귀착되는 건 원치 않아요… 나의 개인성은 어쨌든 내가 태어난 우연성에 의해 규정되는 것과는 다르니까요."

친구들의 얘기에 흠뻑 빠져든 유는 차를 마시는 일마저 잊어버리고 있었다. 그가 찻잔을 들어 단숨에 비웠을 때 차는 이미 차갑게 식어 있었다. 유는 찻잔을 내려놓으며 어깨에 놓인 아들의 손을 어루만지면서 세 친구들에게 말했다.

"당신들 말에 깊은 감명을 받았어요. 나는 고약한 조국 그리고 그런 조국에 속해 있다는 사실로 그저 악담만 퍼붓는 비굴한 동포들보다는 적국의 당신들 같은 친구들을 갖고 싶어요. 사람들이 나를 '못된 일본인'이니 '민족의 배

신자', '히코쿠민hikokumin'*이라고 비난할지라도 나는 당
신들 편이 될 것이고 당신들과 함께 할 것입니다."

아버지가 마지막에 언급한 '히코쿠민'이란 단어에 레
이는 깜짝 놀라 흥분을 감추지 못하고 이렇게 말했다.

"아빠, 나도 그 말 알아요. 책에서 읽었어요. 쿠로카
와 패거리가 키타미 군을 마구 때리려고 사용했던 말이에
요!"

"그렇단다, 레이." 유는 아들 쪽으로 몸을 돌리며 대답
했다. "그건 이 나라의 강자들이 자기들한테 복종하지 않
는 사람들을 억누르기 위해 종종 사용하는 주술적인 말이
지. 그들은 자기들이 세상의 중심을 점유하고 있고 '모든
게 자기들 중심으로 돌아간다'고 생각하지. 코페르니쿠스
가 그의 시대에 비판했던 세력가들이 바로 그런 사람들이
다. 그건 그 말이 겨냥된 상대방이 아니라 그걸 내뱉는 자
들을 치욕스럽게 만드는 비열한 말이야. 쿠로카와와 그의
패거리가 나이가 많다는 이유로 자기들이 옳고 더 많은
권위가 있다면서 자기들에게 무조건 복종하라고 명령했
을 때 키타미 군이 '안 하겠다'고 한 것은 잘한 일이야. 그
건 정의와 불의를 구별하려는 배려에 근거하지 않은 터무
니없는 명령이거든. 나이가 많으니까 옳다는 건 말이 안
돼! 그들은 그런 끔찍한 말을 사용함으로써 스스로가 얼

---

* 히코쿠민ひこくみん은 비국민(非國民) 혹은 '국민의 자격이 없는 자'라는 뜻으로, 일본
제국 시기에 이른바 '황국 신민으로서 본분과 의무를 지키지 않는 사람'을 이르던 멸칭이다.

마나 비열해지고 있는지 모르는 거야."

중국인 친구들은 몹시 놀라워하며 미주사와 유가 자기 아들에게 들려주는 이야기를 경청했다.

"자, 이제 우리의 존경하는 슈베르트를 다시 만나러 갈 시간이네요." 유는 자신의 손목시계를 힐끗 보며 말했다. 그의 얼굴에 환한 미소가 번졌다.

순식간에 모든 게 정논되었다. 유는 두 개의 상사를 세 자리에 다시 놓았다. 각자 창고에 두었던 자신의 악기를 찾으러 갔다. 연주자들은 다시 반원을 그리며 둥그렇게 모여 앉았고 레이도 다시금 제자리로 돌아가 벌써 자기가 읽던 책에 집중하며 문제의 그 단어 '히코쿠민'이 나오는 페이지를 찾고 있었다.

"미주사와 상, 어디를 연주할까요? 2악장으로 넘어가나요? 아니면 1악장을 좀 더 할까요?" 강이 물었다.

"글쎄요, 여러분 생각은 어떠세요? 안단테 악장을 공략하길 원하세요?"

"2악장으로 넘어가지요." 양펜이 제안했다. "나중에 '알레그로 마 논 트로포'로 되돌아오더라도요. 쳉, 네 생각은 어때?"

"그래요, 개인적으로 나는 안단테 악장이 어떨지 몹시 궁금해요. 하지만 미주사와 상은 우리가 1악장을 좀 더 연주하길 바랄지도 모르겠네요."

"알레그로 마 논 트로포 악장을 완성하려면 아직 멀었

지만, 나도 2악장 탐색 시도에 동의합니다."

합주단의 다른 세 명의 연주자들을 고민에 빠트린 긴 망설임이 지나자, 유가 사뭇 다른 어조로 다시 말을 시작했다. 그는 왼손으로 자신의 바이올린을 무릎 위에 세워놓았고, 흔들리는 오른손은 거의 마룻바닥에 닿을 듯한 활을 쥐고 있었다.

"좀 다른 주제의 이야기인데, 여러분에게 한 가지 제안하고 싶어요."

아버지 목소리의 아주 미세한 굴절에도 민감하던 레이가 아버지에게 시선을 고정했다.

"우리는 4중주단을 결성했어요. 그리고 슈베르트를 연주하고 있어요. 우리는 이 위대한 작품 앞에서 너나없이 똑같이 작은 존재들이에요."

중학생 소년은 자신의 책을 덮었다. 그는 미동도 없이 아버지를 눈으로 좇고 있었다.

"그런데 내가 보기에 그리 달갑지 않은 어떤 불균형이 있어요. 나는 우리가 함께하는 방식에 대해 말하는 겁니다… 여러분 모두 나를 나의 성으로 지칭하고 있고 나는 여러분을 이름으로 부르고 있어요. 왜 나를 유 상이라고 부르지 않나요?"

"일본어로는 누군가를 이름으로 부르는 일이 어렵고 게다가 불가능하지 않나요?" 강이 자신의 바이올린과 활을 조심스레 바닥에 내려놓으며 물었다.

"그건 그래요. 보통은 그렇게 하지 않지요. 제대로 설명하기 어렵지만 몇몇 특별한 조건과 상황이 아니라면…하지만 내가 여러분과 함께하려는 게 바로 그거예요! '상'을 붙이지 않고, 유럽의 언어들에서처럼 그저 단순히 서로의 이름을 부를 수 있지 않을까 해서요. 너무 급진적인가요?"

"우리의 날들이 해방되기 쉽도록 우리 사이에 기다린 자유와 완벽한 평등이 지배하길 바라는 건가요?" 양펜이 유에게 말했다.

"바로 그겁니다. 우리 공동의 언어와 관련하여 각자가 스스로를 일관성 있게 규정하는 거예요! 우리는 언어 앞에서 그리고 언어 안에서 평등해야 할 겁니다…"

침묵이 자리했다. 양펜이 침묵을 깼다. 양펜은 치마폭에 완벽하게 감싸여 모인 두 무릎 위에 악기와 활을 올려놓았다.

"미주사와 상이… 아니 유 상… 아니 유가 간청하고 있으니 서로를 철저하게 이름으로 부르며 우리 사이에 새로운 공간, 새로운 존재 양식을 들여놓도록 해봅시다! 토박이들은 자기네 언어 안에 갇혀 있어서 그걸 바꾸는 일이 어려울 거예요… 변화를 불러올 수 있는 건 오히려 외국인들이죠!"

"고마워요, 양펜…"

유는 하마터면 '양펜 상'이라고 말할 뻔했지만 습관화

된 자동 발화에 이르지 않도록 자제했다. 양펜이라는 두 음절의 이름 뒤로 빈 울림만 이어졌고, 갑작스러운 생략은 강렬한 효과를 창출했다.

어른들의 대화를 주의 깊게 따라가던 아이는 자기 아버지와 젊은 중국 여인이 서로의 이름을 부르며 빚어낸 낯선 효과에 놀라워했다.

양펜의 예기치 않은 대담함에 고무된 유가 말을 이었다.

"나는 좀 전에 여러분과 인사를 나누었던 필립에게 프랑스어를 배우고 있어요… 그가 어느 날인가 나를 깜짝 놀라게 하고 반성하게 만든 이야기를 해주었어요. 프랑스어에서는 상대방이 누구든 간에 **똑같은 말을 사용한다는** 겁니다. 카페 종업원, 택시 운전사, 의사, 교수 심지어 장관에게 말할 때도 똑같은 말을 쓰는 거죠…"

"아이쿠, 그렇게 되면 까다로워질 텐데요!" 쳉이 장난스러운 말투로 말했다.

"그래요, 그게 실현하기 쉬운 일은 아니라고 생각해요… 그래서 내가 파악한 것을 내 방식대로 정식화하려고 노력하고 있어요… 내 생각에 필립에게 언어란, 즉 그의 경우 프랑스어는 그 사용자들 사이에 공평하게 공유되는 어떤 자산인 겁니다. 일본어처럼 우열을 따지는 사회관계들이 언어 안에 각인되어 있지 않은 거죠."

"이제 좀 이해가 되네요." 쳉이 자신의 바이올린을 두 다리 사이에 맞춤하니 끼워 넣으며 대꾸했다. 그 모습이 마치 사람과 악기가 춤을 추며 서로 얽힌 듯했다.

"언어를 공공자산으로 공유하면 수평적 사회관계를 용이하게 해서 서로를 지배할 가능성을 제한하게 되지요." 양펜이 말했다.

"바로 그거예요. 그게 좋은 일 아닌가요?" 유가 양펜을 바라보며 말했다.

"특히 오늘날에는 그런 깃 끝아요." 양펜이 수줍은 미소로 유에게 화답했다.

"내가 사회적으로 높은 지위의 중요한 사람에게, 이를테면 어떤 장관에게 말을 한다고 상상해 보세요… 내가 그 사람의 아버지를 언급하고자 하면 프랑스어로는 '당신의 아버지'라는 말로밖에 지칭할 수 없어요. 그 장관이 나의 아버지를 지칭할 때도 똑같고요…"

"게다가 중국어로도 당신의 아버지는 '당신의 아버지'로 밖에 부를 방법이 없어요…" 쳉이 덧붙였다.

"… 그런데 일본어에서는 상대방에 대한 자신의 입지를 맞춘 말을 반드시 선택해야 하지요." 이번에는 강이 나서서 말했다.

"그래요, 정확하게 바로 그거예요." 유가 동의했다.

"마찬가지로 일본어에서는 '당신'이라는 인칭대명사를 보편적으로 사용할 수 없어요." 양펜이 지적했다. "게다가 나로서는 그게 불만의 원천이에요… 나는 마주하고 있는 사람을 언제나 '당신'이라고 부르며 말하고 싶거든요…

하지만 그럴 수 없다는 걸 알아요."

"맞아요, 당신과 말하고 있는 누군가를 '당신'이라고 말할 수 없으니…" 쳉이 서글픈 미소를 가볍게 지으며 한숨을 쉬었다.

"…"

잠시 4중주단의 구성원들 모두 생각에 잠겨 침묵했고, 곧이어 유가 2악장을 공격하자고 제안했다.

다른 사람들의 대답을 기다리지 않고 유는 자신의 바이올린을 턱 밑으로 가져갔다.

레이는 무릎 위에 책을 덮어놓은 채 어른들을 지켜보았다. 그는 꾸준한 관심을 보이며 아버지와 그의 음악가 친구들의 모든 대화를 따라가고 있었다.

"그래요, 시작합시다." 강과 쳉이 동시에 대답했다.

"안단테 악장은 알레그로 마 논 트로포 악장만큼이나 멜랑콜리해요. 그러니까 우리는 계속해서 우리의 저항 행위를 이어가야죠, 그렇죠, 유?" 양펜이 말했다.

레이는 또다시 튀어나온 아버지 이름에 놀라면서 가벼운 화장을 한 양펜의 얼굴에 우아한 미소가 그려지는 걸 보았다.

음악가들은 다시 자세를 잡았다. 각자 숨을 참으면서 시작할 준비를 했다. 절대적인 침묵이 그들 한가운데 자리한 채 그대로 잠시 이어졌다. 겨울 연못 속의 잉어처럼 꼼짝하지 않고 있던 레이는 한순간도 그들에게서 눈을 떼지 않았다. 마침내 유가 들릴 듯 말 듯 숨을 쉬며 가벼운 고갯짓으로 출발 신호를 보냈다.

단순하고 감동적이고 애절하고 투명한 선율이 눈물이 흐르듯 제1바이올린의 활시위를 따라 흐르기 시작했다.

놀라움 혹은 감탄으로 넋이 나간 듯 꼼짝하지 않던 중학생 소년은 귀를 바짝 기울이며 경청했고 솟구치는 열기에 섞인 감동의 선율이 그의 몸속에서 차츰 귀 뒤까지 차오르는 것을 느꼈다. 네 명의 연주자들은 이따금 공모의 눈빛을 주고받으며 카르포*의 조각상에 나오는 자식들처럼 미소를 지었다. 제1바이올린 주자가 지극히 내적인 그윽함으로 멜로디 부분을 정교하게 연주하는 동안 세 명의 다른 연주자들은 깨지기 쉬운 세라믹으로 만들어진 위대한 여신을 받들고 있는 견고한 받침대처럼 그 선율을 받쳐주었다.

돌연 슈베르트의 음악이 남자들 목소리와 군화 소리의 난입으로 인해 분열되었다. 알아들을 수 없는 말들을 내뱉으며 거칠게 도착한 사람들이 우르르 계단에 올라서고 있

---

* 장밥티스트 카르포(Jean-Baptiste Carpeau)는 19세기 프랑스의 조각가이고 본문에서 언급한 작품은 그의 대표작 <우골리노와 자식들>이다.

었다.

유는 본능적으로 몸을 일으켰고 바이올린과 활을 왼손에 쥐고 아들에게 달려갔다. 그는 아이의 왼팔을 잡고 즉시 커다란 장롱으로 몸을 숨기라고 요구했다. 레이는 서둘러 그곳으로 갔다.

"내가 돌아올 때까지 거기서 움직이지 마! 알았지?"

"아! 코페르!" 레이가 소리쳤다.

유는 몸을 돌려 벤치 위에 있던 책을 집어 이미 장롱 안에 들어간 아들에게 건네주었다. 그리고 재빨리 장롱 문을 도로 닫았다. 그는 얼른 창고로 가서 자신의 바이올린과 활을 케이스에 집어넣고 곧바로 다시 나왔다. 그리고 벽에 기대어 서서 깊게 숨을 내쉬었다.

아연해진 세 명의 중국인 음악가들은 말 한마디 없이 그를 지켜보고 있었다. 그 역시 그들을 바라보았고 미소를 보냈다.

4

레이는 캄캄한 어둠 속에서 무슨 일이 벌어진 건지, 무슨 일이 벌어질 것인지 자문했다. 왜 그가 여기 이 어두운 곳에 혼자 숨어 있어야 하나? 언제까지? 그런 질문을 던져봤자 소용이 없었고 어떤 대답도 떠오르지 않았다…

곧이어 소란한 소리가 들려왔다. 그는 쓸데없는 소음을 내지 않기 위해, 접힌 무릎 아래에서 신고 있던 신발을 벗었다. 자물쇠 구멍이 캄캄한 하늘의 별처럼 반짝였다. 그의 오른쪽 눈이 천천히 그 구멍으로 다가섰다. 눈은 별빛과 2센티 거리에서 우뚝 멈췄다. 별빛은 주위를 맴도는 궤도의 유성처럼 홍채 위에 광점(光點)을 비추었다.

눈꺼풀이 두 번 깜빡였다.

5

유가 자신의 악기를 창고에 두고 4중주단의 단원들에게 돌아오던 바로 그 순간 큰 회의실의 출입문이 거칠게 열렸다. 카키색 군복과 군모를 착용한 다섯 명의 군인이 요란한 소리를 내며 들어섰다. 그중 가장 키가 작고 털보인 작달막한 남자가 뒷짐을 진 거만한 태도로 그곳을 여기저기 수색하기 시작했다. 다른 군인들은 소총을 손에 들고 뻣뻣하게 선 자세로, 각자의 악기를 몸에 바짝 껴안고 있는 중국인 음악가 친구들과 그들 곁으로 돌아온 유와 대치하고 있었다. 털보 군인은 창고의 문을 열어 그곳에 흩어져 있던 물건들을 빠르게 훑어보고는 도로 문을 닫았다. 그는 벤치 곁을 지나 묵중한 장롱 쪽으로 걸어가더니 그런 종류의 가구를 한 번도 본 적이 없었던 듯이 한참을 살펴보았다. 안에 숨어 있던 소년은 이제 자물쇠 구멍으로 바깥을 바라볼 엄두가 나지 않았다. 두려움에 떨면서도 문을 통해서 바스락거리는 군복 소리와 몹시 분노한 사람처럼 성급한 리듬으로 거칠게 내뿜는 그의 숨소리마저 들리는 것 같았다. 군인은 부하들의 감시 아래 있던 음악가들 쪽으로 천천히 돌아왔다. 그는 유를 머리부터 발끝까지 꼬나보더니 침묵을 깼다.

"여기서 뭐 하는 거요?" 그는 권위적이고 건방진 말투로 물었다.

"우리는 음악을 하는 사람들입니다. 연습을 하고 있었어요." 유가 즉시 대답했다.

"검은 커튼을 죄다 내리고?"

"그건 집중을 더 잘하기 위해서입니다. 더 조용하기도 하고…"

"어떤 종류의 음악을 연습했소?"

"프란츠 슈베르트의 작품 번호 29번인 현악 4중주곡입니다. 통칭 〈로자문데〉라고 하죠."

"그거 우리나라 게 아니군. 그럼 당신도 같은 일을 하고 있었나?" 군인은 양펜이 마주 보이는 위치로 자리를 옮겨가며 물었다. 그는 양펜의 두 눈을 똑바로 쳐다보았다.

레이는 사람들이 주고받는 말들을 제대로 구별해 낼 수 없었다. 아버지의 목소리는 식별이 되었으나 그가 무슨 말을 하는지는 잘 알아듣지 못했다. 퍼부어지던 말들이 뚝 끊겼다. 굉장히 길게 느껴지던 잠깐의 침묵이 흐른 뒤 아버지의 따스한 목소리가 다시 들렸는데, 그것이 이상하게도 레이에게는 유난히 긴장되어 보였다.

"예, 내 아내… 아이코입니다. 비올라를 연주하고 있어요."

아주 짧은 순간, 양펜이 유에게 스치는 듯한 시선을 던졌다.

"맞아요, 우리는 제1바이올린 주자인 남편을 중심으로 몇 주 전부터 슈베르트의 4중주를 연습하고 있어요." 양펜이 당당한 자신감으로 끼어들었다.

"어이쿠! 자네는 굉장히 젊은 아내를 가졌군!" 작달막한 남자가 조롱하듯 말했다.

그때까지 말없이 냉담하게 정렬해 있던 군인들 얼굴에 어리석고 빈정대는 웃음이 피어올랐다.

"그리고 다른 두 사람… 이분들은?" 그 군인이 경멸적으로 말을 이어갔다.

"이 두 사람은 모두…" 유가 약간 더듬거리면서 급하게 설명했다. "그들은, 그 사람들은 둘 다 중일 대학생 센터의 장학생입니다. 친구들이죠. 긴장을 풀기 위해 우리와 함께 음악을 하고 있어요…"

"자네 중국놈들을 자주 만나는군! 백인놈들 음악이나 연주하고! 수상쩍은 외국인들이야! 죄다 적국이라고! 자네는 거듭해서 중대 과오를 저지르고 있어!"

"선생, 나의 손님들에 대해 제발 예의를 지켜주세요. 방금 말한 그 더러운 말을 거두어 주세요! 그리고 슈베르트는 오스트리아 사람입니다. 오스트리아는 나치 독일에 의해 불행하게 합병된 거예요. 그러니까 슈베르트의 음악은 적의 음악이 아니라는 점을 지적하고 싶군요… 선생…"

작달막한 군인은 유에게 다가왔다. 얼굴이 온통 새빨갰다. 유와 10센티 정도의 거리에 서 있던 그의 얼굴은 소리 없는 분노로 붉게 달아올랐다.

"우리는 지금 중국놈들과 전쟁 중이야. 지금이 네 그 손님들과 한가롭게 음악 따위나 하고 있을 때인가?"

군인은 '손님들'이란 단어를 발음하며 앙심 품은 짜증을 가득 실었다.

"폴란드 출신의 위대한 오케스트라 지휘자 조지프 로젠스톡은 우리의 신교향악단에 전념하기 위해 작년에 일본에 정착했어요… 일본에서는 유럽 음악을 연주하고 있고요… 선생… 음악은 국경을 넘어서는 인류의 자산입니다…"

"자네 혹시 빨갱이가 아냐? 자네처럼 말하는 사람은 공산주의자들밖에 없어!"

파괴적인 미친 분노가 군복 입은 남자를 사로잡아 온몸을 부르르 떨게 했다.

아버지의 말은 어두운 장롱 안까지 들려왔다. 그것은 마치 어떤 여행객이 사랑하는 사람에게 이제 막 출발하려는 기차의 창문을 통해 전달하는 작별 인사처럼 가늘게 떨려왔다. 레이는 아버지로부터 나온 말을 하나도 놓치고 싶지 않았지만 폭발하듯 갈라져 나와 실내 가득 공포를 들여앉히고 있는 어떤 목소리 때문에 집중력이 흩어졌다.

"아니요, 선생, 나는 공산주의자가 아닙니다. 단지 이성에 입각하여 말하는 것뿐입니다…"

"이성에 입각해서 말한다고? 에라! 학위만 처바른 인텔리 같으니!"

작달막한 남자는 격분하며 유의 얼굴에 침을 뱉었다. 유는 옷소매로 얼굴을 닦았다.

"당신들 네 사람이 정말로 오직 음악을 위해 여기 있는 거야? 다른 일 때문이 아니고? 음악은 뭔가를 감추려는 수단 아닌가? 자네, 보아하니 자네는 악기도 없잖아?"

"원하신다면 내 바이올린을 보여드릴 수 있어요. 저기 창고에 두었거든요. 가서 찾아와도 될까요?"

분노한 군인의 허락이 떨어지기도 전에 유는 자리에서 움직이기 시작했다.

레이는 발걸음 소리를 들었다. 아무도 말하고 있지 않은 게 분명했다.

유가 창고 문을 여는 순간 군인들이 그를 향해 돌아섰고 즉시 공격 자세를 취했다. 창고 안으로 사라졌던 그가 바이올린을 들고 문틈에 다시 나타났다. 그는 군인 쪽으로 되돌아왔다.

"자, 이게 나의 바이올린입니다."

유는 분노한 군인에게 자신의 악기를 내밀었다. 군인

은 바이올린을 잡고 뭘 찾아내려는 듯이 탐색을 하더니 생전 처음 보는 현악기를 만져보았다.

"자네 이름이 뭔가, 중국놈들의 친구라는 분?"

군인의 두 눈이 증오로 불타올랐다.

"미주사와."

레이는 아버지가 자신의 성(姓)을 말하는 소리를 들었다. 그는 무슨 일이 일어나고 있는지 보고 싶었다. 작은 신체가 다시금 하늘에 가까워졌다.

"미주사와, 넌 존경심이 없어! 천황의 군사들에 대한 존경심이!"

'천황'이라는 말을 발음하는 작달막한 군인은 마치 그가 실제로 그 절대권자의 권위 앞에 서 있는 듯 2~3초 동안 차렷 자세를 취했다.

"징계를 받아 마땅해!"

'징계'라는 말을 끝마치기도 전에 그는 유의 얼굴에 강한 주먹을 날렸다. 유는 쓰러졌다. 하지만 다시 일어났다. 바로 그 순간 군인은 그에게 처음보다 더 센 주먹질을 했다. 유는 또다시 무너졌다. 양펜은 자신의 비올라와 활을 마룻바닥에 내려놓는 동시에 유를 붙들기 위해 본능적으로 몸을 구부렸다. 그녀는 유의 팔을 붙잡았고 주먹질한 악당을 향해 이글거리는 분노의 시선을 꽂았다.

"너 같은 히코쿠민들을 교정하는 게 내 임무야!"

사나운 증오심으로 흥분한 군인은 있는 힘껏 바이올린

을 바닥에 내동댕이치고 무거운 가죽 군홧발로 짓밟아 버렸다. 부서져 납작해진 현악기는 산산조각이 났고 이상하게 고통스러운 소리를 냈다. 숲속에서 가혹한 사냥꾼에 쫓기다 죽어가던 동물도 그런 소리는 내지 않을 것 같았다.

레이는 아버지와 군인이 주고받는 말들은 제대로 알아듣지 못했지만 견딜 수 없는 그 모든 장면을 자물쇠 구멍으로 목격했다. 그는 아버지가 겪어낸 폭력에 충격을 받았다. 겁에 질려 뻣뻣해진 온몸을 웅크린 채, 아이라는 자신의 무력감으로 만신창이가 된 그는 캄캄한 어둠 속에 숨어 슬픔에 빠져버렸다. 끔찍하고 흉측한 히코쿠민이라는 말과 아버지의 죽어가는 바이올린에서 나던 탄식하며 사라져 가는 불협화음 소리만 귓속을 울려댔다.

6

누군가 막 도착했다. 레이는 두 손에 책을 집어 든 채
로 귀를 쫑긋했다. 발소리와 말소리가 뒤섞인 소음. 잡다
한 소리 가운데서 갑자기 그 야만스러운 군인의 큰 목소
리가 튀어나왔다. "중위님!"

7

날씬한 몸매에 옆구리에 군도를 찬, 온화하고 신중한 태도의 높은 지위의 군인이 부하 몇 명을 대동하고 들어섰다. 작달막하고 거만한 군인과 네 명의 다른 군인들은 그를 향해 즉시 돌아서며 경례를 했다.

"쉬어! 위층에는 아무도 없고 이상하거나 수상쩍은 것도 전혀 없다. 여기는 무슨 일이 있는가, 다나카 하사?"

그러니까 그 끔찍한 군인 이름이 다나카구나, 레이는 피신처의 어둠 속에서 생각했다. 다나카는 두 발을 모으고 두 팔은 몸에 꼭 붙인 차렷 자세를 그대로 유지한 채 방금 등장한 사람에게 대답했다.

"중위님, 저는 이곳에서 검은 커튼을 내린 채 수상쩍은 일을 하고 있던 자들을 심문하고 있었습니다. 함께 음악 연주를 하고 있었다는데, 제 생각에는 저들이 여기서 비밀 집회를 하고 있었다는 의심이 듭니다. 그걸 음악 연습으로 위장한 것 같다는…"

소대장은 바닥에 내던져진 부서진 바이올린을 바라보면서 의아한 태도로 부하의 보고를 들었다. 그의 시선은 또한 침묵을 지키며 서 있는, 두려움 못지않게 경계심과 적대감을 드러내고 있던 네 명의 사람들로 향했다. 중위는 젊은 여자가 부축하고 있는, 얼굴이 부어오르고 입술에 피가 흐르는 더벅머리 남자를 바라보았다. 소대장은 다나카의 말을 중단시키고 부서진 악기를 턱짓으로 가리키며 물었다.

"이 바이올린은 왜 부서졌나?"

"제가 그렇게 했습니다, 중위님."

"왜?"

"왜냐하면 저자가…" 하사는 검지로 유를 가리키면서 대답했다. "천황 폐하의 군인들에 대해 불경한 말을 했기 때문입니다."

다나카는 '천황 폐하'라는 말을 발설하면서 조금 전에 그랬던 것과 아주 똑같이 차렷 자세를 취했다.

"다나카 하사, 자네는 바이올린 가격이 얼마나 되는지, 거기에 인간의 노력이 얼마나 담겨 있는지 모르는군…" 소대장은 실망감이 묻어난 차분한 목소리로 말했다.

"중위님, 저는 우리가 지금 전쟁 중인데 중국놈들과 음악이나 하고 있는 무뢰한이자 히코쿠민인 공산주의자를 교화시키려 했던 겁니다…"

난폭한 군인이 우레같은 목소리로 다시금 내뱉은 히

코쿠민이란 단어는 캄캄한 동굴 같은 장롱 한구석에 갇혀 몸을 동그랗게 웅크리고 있던 중학생 레이의 귀에까지 들려와 치를 떨게 했다.

중위는 상처 입은 남자에게 몸을 돌리더니 그들이 연습하던 작품의 제목을 공손하게 물었다.

"슈베르트 현악 4중주, 작품 번호 29, D. 804입니다."

"〈로자문데〉로군요."

"네, 맞아요, 그 곡을 아세요?"

"네, 조금. 훌륭한 작품이죠."

"네, 그렇습니다. 우리는 그 곡을 몇 주 전부터 연주하고 있어요. 내 아내 아이코와 두 중국인 친구들 송 강 씨 그리고 왕 쳉 씨와 함께요."

중위는 가볍게 허리를 굽혀 그들에게 군대식 인사를 했다. 두 남자와 여전히 유의 팔을 붙잡고 있던 양펜이 조심스럽게 고개를 끄덕였다.

"그러니까 이건 당신 바이올린인가요?" 중위는 걱정과 동시에 난처한 표정으로 물었다.

"예… 딱한 상태가 되었죠… 가엾게도…"

중위는 금이 간 울림판 사이로 부서진 향주를 보고 있었다.

"이거 현악기 장인의 오래된 바이올린인가요?"

"물론 스트라디바리우스는 아닙니다." 유는 약간 거북하고 냉소적인 웃음을 지으며 대답했다. "하지만 니콜라 프랑수아 뷔욤이라는 프랑스 현악기 제작자가 만든 옛 악기입니다. 1857년에 제작된 겁니다. 아주 훌륭한 가치가 있는 바이올린은 아니라고 생각합니다. 굉장히 비싼 건 아니에요. 아무튼 그 사람 형인 장 밥티스트가 만든 바이올린들과 비교하면 훨씬 덜 비싸죠."

"당신이 제1바이올린을 맡고 있나요? 성함이…?"

"미주사와라고 합니다. 네, 제가 제1바이올린을 맡고 있습니다."

레이는 무덤 속 같은 캄캄한 장롱 안에서 중저음의 아버지 목소리로 발음된 자기 가문의 성을 알아듣고 전율했다.

"미주사와 씨, 당신이 정말로 음악 연습을 하고 있었다는 걸 우리에게 증명할 수 있도록 뭔가 연주해 주실 수 있나요? 당신 아내와 친구들이 함께 〈로자문데〉를 기꺼이 연주해 주면 이상적일 텐데, 불행하게도 성급한 몰이해로 인해 당신 바이올린이 이처럼 처참한 상태가 되었으니…"

중위는 등 뒤에서 들려오는 가볍게 스치는 군복 소리와 들릴 듯 말 듯한 숨소리들의 미세한 동요를 느꼈다. 한편, 두 번에 걸쳐 목청을 긁어낸 다나카 하사의 얼굴에는 신경질적인 경련이 일어나며 살갗이 우그러졌다.

"송 씨의 바이올린을 빌릴 수 있다면 바흐의 곡을 하나 연주해 보겠습니다."

"저분께 바이올린을 빌려주시겠어요, 송 씨?" 중위가 정중하게 물었다.

"기꺼이 빌려드리지요. 내 바이올린이 미주사와 씨의 재능에 미치지는 못하지만 이걸로 바흐를 연주해 주신다면 기쁘게 듣겠습니다."

강은 자신의 바이올린을 유에게 건넸다.

"고마워요, 강. 허락하신다면 나의 활을 가지러 가겠습니다."

"그렇게 하세요, 미주사와 씨."

유는 부드럽게 어깨를 움직여 양펜의 팔에서 벗어났다. 그리고 창고로 가서 자신의 활을 가지고 돌아왔다. 그는 왼손가락들로 현악기 줄을 죄는 네 개의 틀을 미세하게 돌려 바이올린을 조율하면서 오른손에 들려진 활로 줄을 하나하나 튕겼다. 이따금 줄감개도 건드렸다. 길게 느껴진 몇 분이 흐른 후 마침내 준비를 마친 그는 눈을 감고 깊게 숨을 쉬었다. 그러고 나서 다시 두 눈을 떴다.

"시작합니다."

유는 음악가 친구들에게 온화하고 다정한 미소를 보냈고 중위에게는 가벼운 목례를 했다.

그는 활을 줄에 댔다. 명상에 잠긴 고요하고 차분하고 심오한, 투명하게 맑은 음악이 그 무엇도 흩트릴 수 없고 누구도 감히 깨트릴 수 없는 거의 종교적인 침묵 속에서 천천히 솟아올랐다.

8

유는 두 눈을 감은 채 몸을 굽혔다가 일으켜 세우고 좌우로 흔들면서 연주했다. 그 곡은 경쾌하고 즐겁고 밝은 테마에 실려 시작되었고, 햇살 가득한 어느 아침, 살아간다는 행복에 겨워, 주변의 아름다운 풍경을 찾아보려는 호기심에 고무되어 들판으로 산책을 나서는 도시의 젊은이를 동행해 주는 듯했다. 어느 순간 음악은 색채와 분위기를 바꾸었고 마치 좀 전에 환히 빛나던 하늘에 돌연 짙고 검은 구름이 몰려오는 걸 본 젊은이의 억눌린 두려움을 표현하는 것 같았다. 그러나 그것은 그저 스쳐 지나가는 어두움이었다. 곧이어 초반의 발랄한 테마로 되돌아왔다. 유쾌하고 톡톡 튀는 이 모티브는 벌써 얼마나 여러 번 들어왔던가? 그 집요한 회귀에서, 그것을 무한정 장식하려는 그 욕망에서, 쾌활한 이 작은 멜로디에 대한 작곡자의 한결같은 집착이 느껴졌다. 그것은 마치 유년 시절에 배운 어느 단순한 노래에 대해 느꼈던 맹목적인 애정처럼, 내면 깊숙한 곳의 마르지 않는 샘물처럼 유년부터 노년에 이르는 모든 순간에 용솟음칠 준비가 되어 끊임없이 고동치고 있었다. 하지만 발라드는 끝을 맺어야 했다. 음악은 돌연 속도가 느려졌다. 오른쪽에서 왼쪽으로, 왼쪽에서 오른쪽으로 흔들리던 연주자의 몸이 갑자기 구부러졌고, 그것은 마치 그때까지 미묘하게 차별화된 여러 방식으로 주조된 테마를 마지막으로 규정하여 제시하는 일에 자신의 온 에너지를 집중시켜야 한다는 듯이 보였다. 그 곡은 삼 분 남짓 지속되었다. 그 3분 동안 음표들은, 세찬 폭우 후에 대나무 잎사귀 위로 방울방울 내려앉는 은색 빗줄기처럼, 하나하나 떨어져 나왔다. 활이 현에서 떨어져 나갔고 마지막 음에 뒤이어 긴 침묵이 이어졌다.

유는 눈을 뜨고 친구들을 바라보았다. 소심한 박수 소리가 잠시 들리더니 얼른 진정되었다. 처음부터 끝까지 두 눈을 감고 고개를 숙인 채 뒷짐을 지고 음악을 듣고 있었던 중위는 바이올린 연주자를 바라보았다.

"요한 제바스티안 바흐의 파르티타 3번 E 장조, 〈론도 형식의 가보트〉군요." 중위가 떨리는 목소리로 말했다.

"이럴 줄 알았으면 준비를 했을 텐데… 명곡을 망친 기분이 좀 드네요…"

"아니오, 미주사와 씨, 훌륭한 연주였어요."

유는 창백한 네온 불빛 바로 아래 서 있던 그 군인의 눈에서 흘러나온 희미한 눈물 자국을 본 것 같았다.

"당신은 전문 음악가인가요?" 중위가 물었다.

"아닙니다, 나는 영어 선생입니다. 바이올린은 그저 아마추어로 하는 겁니다. 나는 음악을 좋아합니다. 음악은 그것이 설령 다른 문명, 심지어 전쟁 중인 적국에서 나온 것일지라도 인류 자산의 일부라고 생각합니다…"

"〈로자문데〉와 〈가보트〉가 우리보다 더 오래 살아남을 기라는 건 분명하죠. 아무튼 우리를 위해 연주해 주서서 매우 감사합니다, 미주사와 씨. 이제 미주사와 씨와 그의 친구들이 여기서 함께 음악을 하고 있었다는 게 분명해진 것 같군. 의심은 제거됐어. 그렇지 않나, 다나카 하사?"

질문을 받은 군인은 대답이 없었다. 그는 중위가 나타난 이래 말뚝처럼 우뚝 선 채로 짜증을 억누르느라 부르르 떨며 허공을 바라보고 있었다.

9

바로 그 순간, 군인 한 명이 급하게 실내로 들어오더니 중위에게 말했다.

"중위님, 본부의 명령을 전달하라는 임무를 받았습니다."

"그래, 무슨 명령인가?"

"심문을 받은 모든 용의자들을 예외 없이 본부로 이송하랍니다, 중위님…"

"심문받은 사람 모두를?"

"예, 중위님."

"예외 없이?"

"예, 중위님."

다나카 하사의 얼굴이 순식간에 풀어졌다. 그의 상관이 쳐다볼 생각도 하지 않았던 작달막한 군인은 뻔한 사태의 흐름에 내심 기뻐하면서도 조그마한 동요도 내보이지 않았다. 하지만 소리 없이 요동치는 그의 빈정대는 냉소는 모두에게 분명하게 들렸다.

"들으셨지요, 미주사와 씨." 중위는 유에게 다가서며 나지막한 소리로 말했다. "당신을 본부로 연행해야만 합니다. 당신 아내와 친구들도 함께요. 당신들이 조속히 풀려나길 바랍니다."

"하사!" 중위가 외쳤다.

"예, 중위님."

다시금 몸을 똑바로 세운 다나카는 상관의 군모를 향해 시선을 맞추었다.

"자네가 이 사람들을 본부로 데려가도록 하게. 어서."

"예… 중위…"

하사가 대답을 마치기 전에 양펜이 자신의 악기를 집어 들면서 냉정하게 끼어들었다. 그 거친 병사가 유를 후려쳤을 때 바닥에 내려놓았던 것이다.

"부탁인데, 악기 정리할 시간은 좀 주세요."

"물론이죠, 부인. 그렇게 하십시오."

양펜과 두 명의 다른 음악가들은 아무 말 없이 창고로 가서 그들의 악기를 내려놓았다. 그들이 창고에서 나오자마자 다나카 하사는 부하들에게 그 수상한 부부와 중국놈들을 연행하라고 명령했다. 순식간에 방안이 텅 비었다. 멀어져 가는 발소리만 혼란스러울 뿐, 돌연한 침묵에 휩싸인 그곳에 중위만 혼자 남았다.

10

그의 시선이 망가진 바이올린에 꽂혔다. 그는 무릎을
꿇고 앉아 두 손으로 바이올린을 조심스럽게 집어 들었다.
고통받은 몸통 위로 축 늘어진 네 개의 현들이 그려내는
어수선한 곡선들은 마치 우연한 사고로 중상을 입었거나
맹목적인 폭격에 희생당한 사람의 얼굴을 덮어씌운 도관
과 전선이 그려내는 곡선들 같았다. 그는 그걸 어떻게 해
야 할지 생각해 보았다. 그는 홀 한구석, 등받이 벤치 바로
옆에 유럽풍 장롱이 하나 있는 걸 주목했다. 소리 없이 묵
중한 그 장롱이 왜 그리고 어떻게 이 컴컴한 시립문화센
터의 홀 안에 버티고 서 있는지 궁금증이 일었다. 그는 장
롱 쪽으로 걸어갔다. 가구 앞에서 걸음을 멈췄는데 호리호
리한 그의 키에 비해 장롱의 높이가 현저하게 낮았다. 그
는 바이올린을 장롱 왼쪽의 등받이 벤치에 한껏 조심스
럽게, 잠든 아기를 요람에 내려놓듯 아주 천천히 신중하
게 내려놓았다. 그런 다음에 자신의 분별없는 몸짓을 용서

받으려는 듯이 천천히 장롱문을 열었는데 문의 상층부 테두리가 겨우 그의 가슴께 높이에 닿았다. 불빛이 장롱 안으로 쏟아져 들어가 사선의 빛줄기를 들여앉히면서 그 내부를 어두운 부분과 밝은 부분으로 균일하지 않게 비추어 냈다. 초록색 양말을 신은 아이의 두 발이 그의 시야에 들어왔다. 무릎까지 드러난 맨살의 하얀 두 다리가 갑자기 나타나자 그는 당황하고 놀라워했다. 바르르 떠는 아이의 손이 머뭇거리더니 제 발치의 책을 재빨리 낚아챘다. 중위는 책의 제목을 가까스로 읽어낼 수 있었다. 『그대들, 어떻게 살 것인가』. 그는 천천히 몸을 낮추었다. 주저하는 듯이 아주 천천히… 어둠 속에서 무언가를 염탐하는 새끼 고양이처럼 반짝이는 그의 눈이 두려움으로 창백해진 소년의 눈과 마주쳤다. 그는 소년을 두렵게 하고 싶지 않아서 미소를 지어 보였다. 그러고 나서 바로 옆 왼편의 벤치로 몸을 굽혀 바이올린을 집었다. 그 순간 어떤 남자의 외침 소리가 마치 극장 무대 뒤편에서 울리는 트럼펫 소리처럼 멀리서 들려왔다.

"쿠로카미! 쿠로카미!"

중위는 기계적으로 고개를 돌렸는데 그건 마치 목소리가 정확하게 어디서 들려오는지 궁금하다는 듯한, 소리의 주체가 누구인지 확인하려는 듯한 모습이었다. 신경성 경련이 그의 얼굴을 갈랐다. 그는 아무 말 없이 소년에게 부서진 바이올린을 건네주었다. 네 개의 현들과 가운데가 불룩한 모양새를 그려내고 있는 거의 납작해진 바이올린은 어둠 속에서 마치 고통스러워하는 작은 동물 같았다. 아이는 머뭇거렸으나 마침내 두 손으로 그 망가진 악기를 소심하게 받아 들었다.

"쿠로카미, 쿠로카미 중위!"

중위는 그것이 혼조 대위의 목소리임을 알아차렸다.

그는 떨고 있는 아이를 마지막으로 뚫어지게 바라보면서 급히 장롱문을 닫았다. 아이에게 걱정스럽고 당황한 시선을 던진 후에 미소를 지어 보이다가 자기 이름을 소리쳐 부르며 다가오는 사람 소리에 얼른 미소를 거두었다.

"아, 자네 여기 있군! 여기서 뭐하나 쿠로카미? 출발이야. 꾸물거릴 시간 없어."

"네, 대위님! 죄송합니다, 뭐 잊은 게 없는지 확인 중이었습니다…"

어두운 장롱 안에서 레이는 좀 전에 '쿠로카미'를 소리쳐 불렀던 사람의 목소리를 구별해 낼 수 있었다. 레이는 쿠로카미라는 이름을 듣고 놀라워했다. '검은(쿠로) 머리카락(카미)'이라는 게 성이 될 수 있다고는 상상도 못 했기 때문이다. 그 남자는 권위적인 혹은 몹시 화가 난 어조로 레이가 이해하기 어려운 말들을 쏟아냈다. 레이는 그 사람이 두려웠다. 또 다른 남자의 목소리가 그 사람에게 대답을 했는데, 그 소리는 차분하고 조용하고 거의 온화했다. 이게 그에게 바이올린을 주었던 사람의 목소리인가?

목소리들이 차츰 멀어져 갔다. 발걸음 소리도 멀어졌다. 레이는 어둠 속에 남아 있었다. 곧이어 더 이상 아무 소리도 들리지 않았다. 보다 정확하게 말하자면, 귓구멍 저 끝에서 죽어가는 매미의 가냘프고 집요한 울음소리가 들려왔다. 이명이었다. 그 단어는 얼마 전에 아버지로부터 배웠다. 그것은 침묵의 소음이었다… 그는 자물쇠 구멍으로 들여다보았다. 커튼이 내려진 실내는 어둑했지만 네온 빛이 충분히 들어와서 그곳에 이제 아무도 없다는 걸 확신할 수 있었다. 몇 시나 됐을까? 아직 해가 완전히 지진 않았으나 배가 고프기 시작했다. 그는 귀를 쫑긋했고… 이제 정말로 아무도 없다고, 고양이 그림자조차 없다고 안심했다. 그는 아주 살그머니 걸쇠를 들어 올렸고 삐걱거리는 소리를 조금도 내지 않으려고 조심하면서 문을 밀었다. 하지만 삐걱 소리가 났다… 조용히 해! 그는 속으로 생각하며 조금 기다렸다… 달라진 건 없었고 여전히 고요했다. 이제 아무도 없었다. 그는 소리를 내지 않으려고 벗어두었던 헝겊 신발을 다시 신었다. 자신의 책을 바지 주머니에 넣고 망가진 바이올린을 손에 든 채로 숨어 있던 곳에서 나왔다. 소심하게 몇 걸음을 떼었는데 걷는 일이 힘들었다. 아! 급기야 발에서 쥐가 났고, 몇 초간 멈춰 기다렸다가 다시 걸었다. 커다란 실내를 가로질러 출구 쪽으로 가서 온몸으로 출입문을 밀었다. 마침내 시립문화센터 건물 앞에 선 그는 하늘을 향해 눈을 들었다. 해가 지려고 했

73

다. 구름이 점점이 박힌 하늘에 밤의 장막이 드리워지기 시작했다. 아버지와 헤어지자 혼자라는 느낌이 들어 어쩔 줄 몰라 했다. 울컥 목울음이 올라왔다. 어둡고 거대한 힘이 그를 내리눌렀고, 무정형의 위압적인 그림자를 그에게 내던졌다. 사람들이 거리를 지나가고 있었다. 어깨에 총을 멘 군경 병사들은 순찰을 돌고 있었다. 레이 주변에 혼자 있는 아이는 아무도 없었다. 아빠는 어디로 간 걸까? 여기로 다시 오실까? 아니면 곧장 집으로 돌아오실까? 그는 집으로 가는 길로 접어들었다. 깊은 상처를 입은 동물처럼 부서진 바이올린을, 그 약탈자에 대항하여, 그 악착스러운 사냥꾼의 악랄한 만행에 맞서 지켜주고 싶었던 바이올린을 들고서, 발걸음을 서둘렀다.

11

밤이 이슥해질수록 사람들의 모습이 드물어졌다. 레이
는 문화센터에서 대략 20분 거리에 있는 집으로 가기 위
해 10분 넘게 걷고 있는 중이었다. 그는 미로처럼 얽혀 있
는 여러 개의 작은 골목길을 지나갔다. 아버지와 여러 번
오갔던 길이라 집으로 돌아가는 일이 어렵지는 않았다.

갓 없는 가로등 불빛이 희미한 모퉁이 길에 이르렀을
때 어린 벚나무 가지를 가리고 있는 대나무 울타리 끝에
서 시바견 한 마리를 알아보았다. 목줄도 끈도 없는 그 개
는 세모꼴의 두 귀를 쫑긋 세우고 등 위로 자연스레 말아
올린 꼬리를 좌우로 흔들어 대며 중학생 아이를 뚫어지게
쳐다보면서 가로등 뒤에 가만히 서 있었다. 레이는 어둠
속에서 다가오는 사람을 보고 겁먹은 개가 자신에게 달려
들거나 활짝 드러난 이빨로 자신을 물지 않을까 두려웠다.
그래서 개와 시선을 마주치지 않았다. 그는 그 동물의 조
용한 관심을 의식하지 않는 척하며 아주 살그머니 지나갔

다. 그렇게 20여 미터쯤 앞으로 걸어갔고 계속 걸으면서
도 혹시라도 시바견이 뒤쫓아 오면 달아날 수 있을지 가
늠해 보려고 두려워하며 뒤를 돌아보았다. 그런데 아니었
다. 개는 자기 뒤에, 단지 5~6미터 거리를 두고 그대로 있
었다. 아이는 발걸음을 재촉했다가 우뚝 멈췄다. 그러자
개도 따라 멈췄다. 개는 그에게서 눈을 떼지 않았다. 중학
생 소년은 동그랗게 말린 시바견의 꼬리가 마치 괘종시계
의 추처럼 계속해서 흔들리고 있는 걸 알아보았다. 그는
다시 걸음을 뗐고 십여 미터를 더 걷다가 다시 돌아보
았다. 여전했다. 개는 그가 좀 전에 멈춰 서서 뒤를 돌아봤
을 때와 똑같은 거리를 지키며 계속해서 그를 뒤따라오고
있었다. 레이는 개가 자기를 해치려 하지 않는다는 걸 깨
달았다. 이제 그는 자기 집과 아주 가까운 곳에 있었다. 레
이는 몇 미터 떨어진 곳의 금갈색 가로등 불빛 아래 드러
난 개를 살펴보면서 웅크리고 앉았다. 그러자 개가 천천히
아이에게 다가왔다. 지상 50센티미터 높이에서 개의 머리
와 열 살 소년의 머리가 거의 얼싸안을 듯이 맞닿았다. 둘
은 소리 없이 서로를 바라보았다. 마침내 레이는 개에게
손을 내밀었다. 잠깐 주저하더니 개도 그렇게 했다.

"너도 혼자야?"

레이는 시바견의 하얀 발을 자기 손안에 한참 동안 가
지고 있었다. 골목의 울퉁불퉁한 흙바닥 위로, 서로 겹쳐
한데 어우러진 둘의 그림자가 어른거렸다.

"나랑 같이 갈래?"

레이는 몸을 일으켰고 개를 내려다보며 다시 걷기 시작했다. 개는 자연스럽게 레이의 왼쪽 다리 옆에 자리를 잡고 중학생 소년의 얼굴을 평온한 눈길로 올려다보았다.

"나랑 같이 가자! 너네 집으로 돌아가지 않을 거지? 너도 나처럼 혼자지?"

아이는 멈춰 서서 몸을 굽혀 두 손으로 개의 목을 잡았고, 개는 반항은커녕 어떤 저항도 내보이지 않았다. 그들의 눈이 서로 마주쳤다. 개는 꼼짝도 하지 않았고 아이는 커다랗게 뜬 개의 눈에서 일렁거리는 불꽃을 알아본 것 같았다. 갑자기 개가 알아들을 수 없는 작은 소리로 낑낑거리면서 아이의 얼굴을 핥았다.

"알았어, 가자." 레이가 말했다.

몇 분 후에 그들은 목재 미닫이 덧문 앞에 도착했다. 그곳은 미주사와 유의 집 입구였다. 문 바로 위에 붙어 있는 작은 문패에 그의 성과 이름에 해당하는 세 개의 표의 문자가 조심스러운 필체로 쓰여 있었다. 유가 세 들어 살고 있던 검은 판잣집 옆에는 비슷한 집이 또 한 채 있었다. 두 판잣집은 초라한 나무 가로등이 주황색 불빛을 유령처럼 비춰내던 짙은 어둠 속에 잠겨 있었다.

"여기가 우리 집이야. 오또상(우리 아버지)은 아직 안 돌아오셨어. 나는 문을 열 수 없어, 아버지가 열쇠를 갖고 있거든. 여기서 기다리자."

시바견은 마치 자기 아버지가 곧 돌아올 거라 확신하
듯 말하고 있는 레이의 얼굴을 물끄러미 바라보았다. 가을
이 차츰 깊어지고 있었고, 밤이 내리자마자 몸이 떨릴 정
도로 기온이 내려가는 중이었다. 레이는 추워지기 시작했
다. 그가 입고 있던 반바지는 — 그는 많은 친구들처럼 겨
울 초입까지는 일요일마다 항상 반바지 차림이었다 — 아
무 도움도 되지 않았다. 그는 미닫이 덧문에 제 몸을 기대
어 비볐다. 개는 그때까지 다리를 접고 앉아 있었는데, 아
이가 추워하며 몸을 옹송그리자 대뜸 그의 가슴과 접힌
다리 사이로 조심스레 파고들었다. 레이는 개의 배에서 뿜
어지는 열기가 전해지는 걸 느꼈다. 개는 잠시 뒤에 두 눈
을 감았다. 곧이어 소년은 잠에 빠져들었다.

12

"레이 군, 여기서 뭐 해?"

아이는 남자의 목소리에 깨어났다. 그는 고개를 들고 눈을 비볐다.

"아, 필립 상…"

"이런 시간에 여기서 혼자 뭐 해?"

레이의 작은 몸에 찰싹 붙어 있던 시바견은 후다닥 고개를 들고 당혹스러워하는 저녁 손님의 얼굴을 궁금한 눈빛으로 쳐다보았다.

안단테

1

전화벨이 울렸다.

"여보세요?"

"자크, 나야. 〈프랑스 뮤지크〉 방송 듣고 있어?"

"아니, 지금 좀 까다로운 일에 집중하는 중이라… 뭔데?"

이마가 훤히 벗어진 백발의 노인은 점점 코 밑으로 흘러내리는 안경 너머의 허공을 바라보았다.

"방금 스물세 살의 일본 여성이 베를린의 루트비히 판 베토벤 국제 바이올린 콩쿠르에서 우승했다는 소식을 들었어. 어제였다네. 이름이 야마자키 미도리라던데…"

"…"

"여보세요, 듣고 있어?"

"…"

"여보세요, 자크, 내 말 들려?"

"아, 미안, 물론 듣고 있어."

"그래, 그 야마자키 미도리에 대해 들은 적 있어?"

"아니… 그런 거 같지 않아… 음… 어쩌면 그럴 수도… 잠깐만… 아, 그래, 얼마 전에 누군가 미도리라는 사람 얘기 한 것도 같네… 그게 야마자키 미도리였나? 확실치 않아…"

"있잖아, 내가 그 이름을 쉽게 외울 수 있었던 건 그게 위스키 이름 같아서야…"

"아, 그러네, 야마자키는 일본에서 아주 흔한 성이야. 게다가 미도리라는 이름도 굉장히 많아. 일테면 고토 미도리도 있고… 음악계에 십여 명의 야마자키와 백여 명의 미도리가 있을걸…"

"당신이 워낙 일본 음악가들을 많이 알고 있어서 혹시나 그 이름을 들으면 뭔가 떠오르는 게 있을까 생각했을 뿐이야."

"누군가 그 사람 얘기를 했을지도 모르지만 내가 모든 일본 이름에 일관된 관심을 기울이는 게 아니라서… 요새는 일본 여자나 남자가 국제 콩쿠르에서 수상하는 게 그리 드문 일도 아니고…"

"하긴, 당신 말이 맞아… 알았어. 난 아주 늦게 퇴근하지는 않을 거야. 이따가…"

"엘렌, 괜찮아? 오늘 일은 잘됐어?"

"응, 좋아. 그 첼로 연주자 만난 얘기를 들려줄게! 당신 쪽 일은 어때?"

"아무 문제 없어. 바이올린 연주자를 기다리는 중이야. 자, 이따 저녁에 봐!"

"그래. 돌아가는 길에 장을 볼 거야. 뭐 사다 줄 거 있어?"

"아니, 별로 없어."

노인은 전화를 끊었다. 그는 자잘한 대팻밥이 여기저기 붙어 있는 감색 앞치마를 두르고 있었다. 그는 자신의 기다란 작업대로 되돌아갔고, 그 위에는 복원 중인 해체된 바이올린 곁에 제작 중인 바이올린 혹은 비올라가 니스칠이 안 된 원목 상태로 놓여 있었다. 그 악기에는 아직 키도 지판도 없었다. 하지만 몸통의 울림구멍[f-홀]은 완성되었고 각 구성 부분들이 모두 잘 맞춰져 꼼꼼하게 조립되어 있었다. 감색 앞치마를 두른 남자는 바이올린을 왼손으로 들고 만족한 태도로 자신의 대상을 응시하고 있었다. 바이올린의 울림구멍은 종종 일본 가면 **오카메**의 길고 주름진 눈을 생각나게 했다. 그 울림구멍은 가운데가 우아하게 부풀어 오른 울림판을 환한 미소를 짓고 있는 여인의 얼굴로 변모시켰다. 그의 맞은편 벽에는 목공과 현악기 제작을 위한 다양한 도구들이 즐비하게 걸려 있었다. 벽 위쪽에는 액자에 끼워진 자격증이 보였는데 **크레모나 국제 바이올린 제작 전문학교***의 학위였다. 잠시 후 그의 눈길

---

* 크레모나는 '바이올린의 도시'라는 별칭이 붙은 세계적인 바이올린 제작 학교가 있는 이탈리아의 도시로, 스트라디바리우스 등의 장인을 배출했다.

은 초벌 상태의 바이올린을 떠나 10여 미터 길이의 목재 판자에 수직으로 매달린 수많은 현악기들로 옮겨갔는데, 그 판자는 천장 바로 밑에서부터 시작하여, 흰색으로 칠해진 벽면의 다른 쪽 끝까지 수평으로 길게 이어졌다. 그는 바이올린과 비올라를 완벽하게 정렬해 놓은 자신의 컬렉션 쪽으로 의자의 방향을 돌렸다. 장인의 발치에서 졸고 있던 짧은 털을 가진 중간 크기의 개 한 마리가 갑자기 잠에서 깨어나 노인의 얼굴을 살폈다.

"아냐, 모모, 아직 아니야. 이제 겨우 4시야. 좀 더 있다가, 알았지?"

밝은 밤색 털의 머리 위로 세워진 세모꼴의 두 귀가 노인의 말을 알아들으려고 잠시 꼼지락거렸다.

감색 앞치마의 남자는 줄로 연결된 안경을 벗고, 양 손가락으로 두 눈꺼풀을 천천히 문질렀다. 깊은 집중을 요구하는 장시간의 작업으로 피곤해진 시계공이나 다른 종류의 장인들이 하듯이. 그는 눈을 떴다. 하지만 시선은 허공에서 길을 잃고 생각에 잠겼다. 마침내 다시 눈을 감은 그는 의자 등받이에 등을 기대고 팔짱을 낀 채 고요한 명상 상태에 빠져들었고, 한참 후에야 거기에서 벗어났다.

그는 몸을 일으켜 세 개의 검정 안락의자가 사각형의 낮은 유리 탁자를 둘러싸고 있는 작은 거실을 가로질러 부엌으로 갔다. 커피를 만들어 안락의자로 돌아와 앉자 모모라 불리는 암컷의 개가 그의 발치로 와 누웠다. 그 곁에는 벽 한쪽 구석 움푹한 곳에 책장이 세워져 있었다.

감색 앞치마를 두른 남자의 두 눈이 다시금 수평 판자에 매달린 악기들을 향했다.

그는 커피를 다 마시고 자리에서 일어났고, 다시 작업에 몰두하기 전에 라디오를 틀었다. 라디오에서는 부드럽고 유연하고 듣기 좋은 여성의 목소리가 들려왔다.

"방금 들으신 곡은 알반 베르크 4중주단이 연주한 베토벤의 현악 4중주 라단조, 작품 번호 18-3이었습니다."

누군가 초인종을 눌렀다.

2

자크는 문을 열었다. 삼십 대의 남자가 거기 있었다.

"안녕하세요, 크리스토프 뤼벤스입니다, 제가 좀 일찍 왔습니다. 방해된 건 아닌지요?"

"아니, 그렇지 않아요. 반갑습니다. 자크 마이야르입니다."

"반갑습니다. 다비드 트레샤르 소개로 왔습니다."

"네, 알고 있어요. 들어오세요."

노인은 젊은 남자를 앞장서 작은 거실로 향했다.

"급한 일을 맡아주셔서 감사합니다."

"별말씀을요. 내일 저녁이 연주회라고 하셨죠?"

"네, 그렇습니다. 엊그제 파리로 돌아왔는데 그 이후로 제 바이올린 상태가 좋지 않아요. 평소처럼 소리가 나지 않고…"

"비행기로 이동했나요? 그 전에 어디에 계셨나요?"

"상트페테르부르크입니다."

"상트페테르부르크 전에는요?"

"인도 뭄바이요."

"뭄바이 직전에는?"

"캐나다요."

"당신의 바이올린은 분명 잦은 이동으로 고통받았을 겁니다. 제가 좀 보지요."

작은 거실에서 두 남자는 계속 서 있었다.

"앉으세요. 커피 드실래요? 차도 있습니다." 현악기 제작자가 말했다.

"음… 차를 마실게요. 고맙습니다."

"어떤 차로 드릴까요? 홍차 혹은 녹차? 두 가지 다 있어요."

"녹차로 주십시오."

자크는 부엌으로 사라졌다. 크리스토프 뤼벤스는 주변을 둘러보았다. 그는 걸려 있는 엄청난 수의 바이올린과 비올라를 보고 놀라워했다. 그 어떤 현악기 제작자의 아틀리에에서도 그렇게 많은 악기를 본 적이 없었다. 바이올린과 비올라가 걸린 벽의 반대쪽 벽에는 세 대의 첼로가 세워져 있었는데 그중에서 아주 짙은 색 첼로가 그의 눈에 확 들어왔다. 몇 해 전 부다페스트의 어느 헝가리 음악가의 집에서 감탄하며 보았던 도메니코 몬타냐나*의 걸작을

---

* Domenico Montagnana(1686-1750)는 이탈리아 베네치아에 기반을 두고 활동했던 현악기 장인으로 특히 첼로의 명장으로 꼽힌다.

떠오르게 했던 것이다.

자크가 동그란 붉은 쟁반을 들고 돌아왔다. 그 위에는 두 개의 찻잔이 놓여 있었는데, 손잡이 없는 도기잔에는 파란색 작은 꽃무늬 장식이 되어 있었고 검은 세라믹으로 된 또 다른 잔은 투박한 모습이었다. 그는 쟁반을 유리 탁자 위에 내려놓고 바이올린 연주자의 맞은편에 앉아 그에게 도자기로 된 잔을 건넸다. 잠시 침묵이 감돌았다. 각자 자신의 차를 한 모금 마셨다.

"차가 아주 훌륭하네요."

"그래요? 좋습니까? 너무 강하지 않나요?"

"아니, 아니에요, 이런 걸 아주 좋아합니다."

자크는 자신의 차를 다 마셨다.

"자, 이제 당신의 바이올린을 좀 봅시다."

바이올리니스트는 무릎 위에 보관하고 있던 자신의 악기를 현악기 제작자에게 맡겼다.

"고맙습니다. 가벼운 보수 작업으로 해결되길 바랍니다. 자, 그럼, 좀 이따가."

자크는 바이올린을 들고 자신의 작업대로 갔다. 그는 안경을 다시 끼고 책상의 램프를 켜고 케이스를 열어 악기를 꺼내어 즉시 검토를 시작했다.

"오, 이건 뷔욤**이군요, 당신 바이올린!" 흥분을 주체

** Jean Baptiste Vuillaume(1789-1875) 프랑스 출신의 바이올린 제작자로 성공적인 딜러이자 감정가로도 유명하며 바이올린 제작의 혁신가로 일컬어진다.

하지 못한 자크가 작업대에서 외쳤다.

"맞아요. 다비드가 말하지 않았나요?" 크리스토프는 안락의자에서 움직이지 않은 채 큰 소리로 답했다.

그러고 나서 무거운 침묵이 자리했다. 단지 이따금 그 몸짓을 상상하기 어려운 정교하고 세심한 작업 소리가 거의 알아들을 수 없을 정도로 들려왔다. 그렇게 대략 30분이 지났고 그동안 크리스토프는 진열된 악기들이나 현악기 제작자의 책들 그리고 서가를 가득 채우고 있던 엄청난 양의 CD를 바라보는 것 외에는 할 일이 없었다.

마침내 자크가 바이올린과 활을 들고 돌아왔다.

"한 번 켜 보세요."

그는 본격적인 작업실 공간과 작은 거실을 나누던 묵직한 나무 탁자 위에 악기와 활을 내려놓았다. 바이올리니스트는 벌떡 일어섰다. 그는 활로 현들을 짧게 두드리면서 악기를 조율했다.

"벌써 훨씬 좋아진 걸 알겠어요."

"조정이 필요했어요… 말하자면 좀 **돌봐줘야** 했던 거죠… 브릿지를 교체했어요. 그게 반듯하지 않았고 현들로 인해 좀 너무 깊이 파 들어가 있었어요. 브릿지가 꽤 오래 전부터 바뀌지 않았던 듯합니다. 그리고 향주의 위치를 아주 아주 조금 옮겼어요… 말씀드렸듯이 최근의 이동들로 바이올린이 정말 힘들어했던 것 같습니다. 아시다시피 바이올린은 예민한 존재라서…"

크리스토프 뤼벤스는 현악기 제작자의 지적에 대응하지 않은 채 바흐의 〈샤콘느〉를 서둘러 연주했다. 자크는 무수히 들어왔던 작품 중 하나인 그 곡의 연주를 듣기 위해 안락의자에 몸을 파묻었다. 수년에 걸친 숙련 과정 동안 그의 작업은 얼마나 여러 번 바이올린 분야의 가장 중요한 작품인 이 곡을 시험대로 삼았던가! 매번 그것은 그 자신이 아주 작은 구석구석 연구했던 거장의 악기가 탄생시킨 소리 세계의 높이로 올라가려고 시도하는 기회였다!

동시에 두 개의 현을, 그리고 세 개의 현을 심지어 네 개의 현까지 동시에 누르며 연주하는 〈샤콘느〉의 초반 연주를 끝마쳤을 때, 바이올리니스트는 멈추었다.

"완벽합니다, 마이야르 씨, 제가 알고 있는 그대로의 제 바이올린을 되찾아 기쁩니다."

"다행입니다. 당신의 악기는 훌륭한 겁니다! 뷔욤은 아주 대단한 바이올린이죠!"

"네, 저도 매우 만족하고 있습니다. 선생님은 제 바이올린에게는 물론이고 저의 구세주이십니다! 정말 감사합니다. 비용은 얼마를 드려야 할까요?"

"으흠… 150유로면 되겠습니까?"

"그럼요. 수표로 지불해도 되나요?"

"물론입니다."

크리스토프 뤼벤스는 수표책을 꺼내 수표에 사인을 하면서 벽에 걸린 바이올린과 비올라들을 힐끗 돌아보았다.

"저것들은 선생님 작품인가요?" 그가 물었다.

"네, 대부분 그렇습니다. 저 중에서 네 개는 제 작품이 아니에요. 나머지는 제 것이고요. 모두 서른여덟 개입니다."

"몇 개 연주해 봐도 되나요?"

"원하신다면요."

자크는 걸려 있는 악기들에 다가가 가까이에서 바라보다가 그중에서 세 개를 골라 큰 테이블 위에 놓았다.

"이 세 개는 제 경력의 서로 다른 시기에 만들어진 겁니다. 제가 아주 애착하는 것들이죠. 한번 켜보세요. 그리고 어떤지 당신 생각을 말씀해 주세요."

크리스토프 뤼벤스는 자크 마이야르가 제안한 세 개의 바이올린으로 다시금 바흐의 〈샤콘느〉를 연주했다. 그는 각각의 악기에 2~3분 정도 머물렀고 세 악기 모두 상당히 훌륭하다고 생각했다. 약간 푸르스름하면서도 맑은 고음들의 투명함과 한밤중에 대지에서 나온 듯한 저음들의 깊이감 때문이었다. 그는 또한 드물고 빼어난 소리의 균질성에 감동받았다.

"세 악기 모두 마음에 드네요. 하지만 어느 걸 골라야 할지 모르겠어요… 감히 가격을 물어볼 수도 없고…"

"세 번째 악기는 파는 게 아닙니다. 하지만 나머지 두 개는 가격 조정을 해볼 수 있어요. 둘 중 갖고 싶으신 게 있으면 나중에 들르세요. 그리고 보시다시피 다른 것들도 많습니다… 어떤 것들은 가격이 좀 더 저렴해요…"

"유감이네요! 정말 유감이에요! 제 선택은 바로 그 세 번째 것이었는데…"

"아, 정말요?"

"그건 다른 두 개와 달라요… 완전히 매혹적인 소리의 풍성함과 명징함을 갖고 있는 특별한 악기라는 생각이 들어요…"

"아, 그래요? 사실 그건 다른 것들과 다릅니다. 느끼시는군요… 그 차이에 민감하시네요."

"마이야르 씨, 당신을 다시 찾아뵙겠습니다. 언제라고 말씀드릴 수는 없지만 꼭 다시 오겠습니다. 당신의 작업에 대해 좀 더 알고 싶습니다. 제 연락처를 남겨드리죠."

바이올리니스트는 명함을 꺼내 현악기 제작자에게 주었고, 그도 자신의 것을 상대에게 주었다.

"거기에 다 적혀 있습니다. 주소, 전화번호, 이메일, 작업실 개점 시간."

"알겠습니다. 정말 대단히 고맙습니다."

감색 앞치마의 노인은 음악가에게 인사를 한 후, 유리문을 잡아당겨 〈폐점〉이라는 글자가 방문객들에게 보이도록 팻말을 돌려놓았다.

그는 하고 있던 일거리로 되돌아갔다.

3

자크와 엘렌은 식기 세척기 채우는 일을 끝냈다. 인간 동반자들이 식사를 마치기 훨씬 전에 자기 밥그릇을 비운 모모는 큰 거실에 놓인 L자형 소파에 기대어 앉아 익숙한 제 자리를 차지하고 있었다. 큰 거실은 두꺼운 칸막이벽에 의해 자크의 작업실과 분리되어 있었고, 작업실 쪽의 칸막이벽은 작은 거실을 향해 있었다. 모모는 매일 저녁 식사 후에 자신의 동반자를 기다리고 있었다.

"내가 「리베라시옹」지에서 찾아낸 걸 당신한테 보여줘야 해."

엘렌은 집에 돌아와 소파에 던져 놓았던 작은 배낭에서 신문을 꺼냈다. 그녀는 타원형 작은 테이블 위에 펼쳐 놓은 두 페이지의 문화면 신문에서 짤막한 기사를 검지로 가리켰다.

"오늘 오후에 당신한테 전화한 후에 이걸 발견했어. 루트비히 판 베토벤 국제 바이올린 콩쿠르 수상자인 야마자키 미도리를 소개하고 있어."

엘렌은 선 채로 자크를 물끄러미 바라보았고, 자크는 몸을 구부려 시바견의 머리를 쓰다듬고 있었다.

"기사가 아주 흥미로울 거야. 평소처럼 차를 타 줄까?"

"그래 주면 고맙지."

잠시 후 엘렌이 찻주전자와 두 개의 찻잔이 놓인 둥근 실기 생반을 들고 나타났다. 낮에 자크가 크리스토프 뤼벤스를 대접했던 그 쟁반이었다. 작은 접시에 두 개의 마들렌도 곁들였다. 그녀는 소파의 자크 옆자리에 앉았다.

"봐, 그 여자 경력이 화려해."

엘렌은 신문을 다시 들어 야마자키 미도리라는 일본의 젊은 바이올리니스트에게 할애된 기사 몇 줄을 큰 소리로 읽기 시작했다. '도쿄 국립예술대학을 졸업한 그녀는 뉴욕, 제네바, 파리에서 다비드 주커만, 미셸 스타인버그, 장 자크 올라르 같은 거장 곁에서 음악 교육 과정을 이어나갔다. 그녀는 음악 애호가 집안에서 태어났다. 하지만 그녀 자신의 고백에 따르면 음악에 대한 각성은 물론이고 음악적 경력 선택에 지대한 역할을 했던 사람은 그녀의 외조부라고 한다. 그녀는 일본 재단이 대여해 준 스트라디바리우스로 연주하고 있고...'

낭독을 마친 엘렌은 찻잔을 들어 볶은 녹차(호우지차)를 한 모금 마셨다. 매일 저녁 숙면을 위해 마시던 차였다.

"매년 수십 명의 일본인들이 유럽에서 기량을 완성하려고 오고 있지…"

"사실 아주 많지. 우리 집에도 있잖아!"

"그들 중에서 몇몇은 유럽인들 곁에서 두각을 나타내고 유명해져서 국제적 경력에 뛰어들지. 분명 야마자키 미도리도 바로 그런 경우고… 하지만 그냥 사라져 버리는 사람들도 있어…"

"이 여자를 지켜보자고…"

자크는 대답하지 않았다. 그는 단숨에 차를 다 마셨다.

"그래서 당신네 그 첼리스트는 다녀갔어?"

"응, 그 여자가 마침내 선택을 했어. 오래 걸렸어. 어찌나 망설이고 또 망설이던지… 이제 그녀는 우리의 충실한 고객이 될 거야. 어쨌거나 내 활들에 매우 감탄하고 있으니."

"잘됐군! 자기 작업을 평가해 주는 누군가를 만난다는 건 멋진 일이지."

"맞아, 기쁘더라고. 당신은? 그 문제의 바이올리니스트를 봤어?"

"응, 그 사람은 1864년도 뷔욤 바이올린을 갖고 있더군. 그런 걸 매일 볼 수 있는 건 아니지! 이동하느라 흔들거린 탓에 조정이 필요했던 거야. 젊은이가 매우 만족했고 무엇보다 안심을 했어. 내일 저녁에 콘서트가 있다고 했거든… 이름이 크리스토프 뤼벤스라고 하더군."

"아, 그 이름 들어본 적 있어… 얼마 전에 라디오에서 연주도 들었고… 상승세의 인물이 또 하나 있군!"

"조정된 자신의 뷔욤 바이올린으로 여기서 〈샤콘느〉 초반부를 연주했어. 썩 잘하던데!"

자크 마이야르는 자리에서 일어나 오디오 세트 쪽으로 갔다. 그는 CD와 비디오테이프로 가득 찬 가구에서 CD 하나를 꺼내 들었다. 콤팩트디스크 재생 장치가 바로 위에 놓여 있었다. 그는 거기에 자신이 고른 디스크를 삽입했다. 천장에 매달린 작은 스피커 시스템들에서 바이올린 독주를 위한 음악이 울려 퍼졌다.

"기돈 크레머가 연주한 〈샤콘느〉야." 자크는 소파에 다시 앉으며 중얼거렸다.

음악 소리에 모모가 잠에서 깨어나 고개를 들었다. 그러더니 소파 위로 뛰어 올라와 자크의 무릎에 머리를 기댔다. 자크는 개의 머리부터 동글게 말린 꼬리 끝까지 여러 차례 쓰다듬었다. 모모는 그의 부드러운 손길에 몸을 맡긴 채 두 눈을 깜박거렸다. 괘종시계의 무심한 틱탁 소리와 모모가 꿈결처럼 내뱉는 산발적인 끙끙거림만이 끼어든, 명상과도 같은 몇 분의 음악이 끝나자 자크는 몽상의 순간에서 벗어나 차분한 목소리로 말했다.

"떠나기 전에 그 사람이 내가 최근에 만든 두 개의 바이올린과 나의 그 뷔욤을 시험 삼아 연주해 봤어, 똑같은 그 〈샤콘느〉를."

현악기 제작자는 그 음악가가 비매품인 바이올린에 대한 선호를 표명했다는 사실을 동반자에게 알려주었다. 자

크 마이야르의 얼굴에 흡족한 미소가 그려졌다. 〈샤콘느〉
가 끝이 났다.

"당신의 뷔욤이 수준 높은 전문가에게 다시 한번 평가
를 받았다니 정말 기쁘네! 차 더 마실래?"

바흐 작품 번호 1006인 〈파르티타 3번〉의 서주가 시작
되고 있었다.

"그래, 마들렌을 다 먹으려면 조금 더 마시는 게 좋겠
어. 가만있어, 엘렌, 내가 찻주전자에 뜨거운 물을 넣을 테
니. 모모, 미안, 좀 일어날게."

개가 소파에서 내려와 마룻바닥에 누웠다. 엘렌은 신
문을 잠시 다시 들여다보았다. 자크가 뜨거운 물이 가득
찬 찻주전자를 가지고 돌아왔을 때 그녀가 말했다.

"언젠가 야마자키 미도리의 연주를 듣고 싶네… 하도
칭찬들을 많이 하니!"

4

　자크와 엘렌은 프랑스 현악기 제작의 중심지인 보주
지방의 작은 도시 미르쿠르에서 만났다. 둘 다 젊었던 시
절로, 자크는 스물여섯, 엘렌은 스물한 살 때였다. 두 사람
은 만나기 3년 전에 미르쿠르에 도착해 있었다.

　책벌레였던 자크는 대학 입학 자격시험 후에 문학 공
부를 계획하고 소르본에서 2년을 보냈다. 하지만 그는 그
곳에서 자신을 펼쳐내는 일에 성공하지 못했다. 문학에 접
근하는 학문적 방식은 작가에 너무 집착한 나머지 문학의
본질을, 즉 각각의 작품에서 최우선적이고 가장 확실한 실
재를 형성하는 말들의 울림이라는 그 본질을 놓치고 있
는 것처럼 보였다. 그리하여 그는 어린 시절의 꿈이던 현
악기 제작자가 되고자 했다. 청소년기부터 그는 책과 마찬
가지로 음악에, 말과 마찬가지로 소리에 빠져들었다. 집안
환경은 그가 바이올린이나 비올라 연주를 배울 수 있도
록 허락하지 않았다. 그래서 그는 현악기 제작 쪽으로 방

향을 돌렸다. 그것은 음악 소리가 빚어내는 무한한 조합의 유희, 그리고 거기에서 퍼져 나오는 풍요롭고 깊은 감동의 세계에 머물 수 있는 최상의 방법이었다. 그는 미르쿠르로 가기로 작정했고 그 사실을 아버지에게 알렸다. 그의 아버지는 이해하는 모습을 보였고, 삶의 에너지 깊숙한 곳으로부터 우러나는 목소리를 따라 마땅히 가야 할 길로 가는 것이 최선의 선택임을 그에게 말해주었다.

"그렇게 하지 않으면 살아도 사는 것 같지 않을 거다. 마음이 따르지 않을 테니 말이다. 어쨌든 인생은 한 번뿐이야." 아버지는 긴 한숨을 내쉬며 단언했다.

엘렌은 열여섯 살 때부터 미르쿠르에 왔었다. 부모님과 함께였는데, 양친 모두 리옹에서 비올라 연주자로 활동하고 있었다. 그들은 악기 교정을 위해 보주의 그 작은 도시를 방문하곤 했고, 어느 해인가 딸을 함께 데리고 갔던 것이다. 그리고 바로 그 여행이 소녀의 앞날을 결정했다. 엘렌이 활 제작 장인의 아틀리에에 들어섰을 때 그녀는 그 직업에 큰 감명을 받았다. 브라질 나무로 만든 단순한 막대기가 아름다운 물건으로 변형되었고, 그것의 곡선은 생전 처음 보는 신비한 아름다움을 갖춘 모습으로 나타났다. 그건 그때까지 그녀가 매일 부모와 접촉하며 체험했던 것인데도 마치 은빛 구름으로 수 놓인 파도 위를 항해하는 천상의 선박이 빚어내는 아름다움을 연상케 했다. 부모는 자신들의 악기 소리가 그들 오른팔의 자연스러운 연장

(延長)으로 여기는 그 활의 기능에 따라 예민하게 달라진다고 그녀에게 설명해 주었다. 그러자 모든 것이 새로운 의미를 띠었다. 엘렌은 거장 곁에서 활 제작 기예를 배우기 위해 언젠가 미르쿠르에 다시 올 것을 스스로 다짐했다. 그리고 2년 후 그녀는 그 최초의 강렬함과 젊은 기운을 조금도 잃지 않은 채 그곳에 다시 돌아왔다.

두 사람은 각자 유명한 거장 곁에서 수련을 시작했다. 평온하게 흘러가는 나날들은 하루하루가 비슷했고 그들은 마치 동일한 주물 속에 던져진 듯했다. 둘 다 각자의 위치에서 날마다 수도자의 삶을 보내고 있었다. 초록색, 감색, 혹은 검은색 앞치마를 두르고, 어두운 작업실에 틀어박혀 말은 거의 하지 않고, 많이 관찰하고 열심히 귀 기울여 듣고, 도구들을 다루는 스승의 몸짓을 주의 깊게 탐색하면서, 책상의 주황색 불빛 아래 드러나는 그들의 작품만을 바라보며 지냈다. 밤이 되면, 겨우 침대 하나와 테이블로 사용되는 서랍장만 놓인 보잘것없는 방에서, 잠들기 전에 그들이 배웠던 중요한 것들을 떠올려 보거나 그림 공책에 적어두곤 했다. 인구 7천 명의 조그만 도시에서 장인으로 살아가던 그들의 삶은 기이하게도 두 개의 물방울처럼 서로 닮아 있었다. 단순함, 규칙성, 검박함, 일에 대한 열정, 단조로운 일상의 반복. 서로를 알 기회도 없었고 단한 번의 시선이나 미소나 말도 나눈 적이 없었는데도 그러했다. 그러던 어느 날, 그들이 1950년에 미르쿠르에 도착한 후 3년이라는 긴 세월이 지난 후에 서로 닮은 두 영혼을 가깝게 해주고 싶었던 탁월한 영적 존재의 인도를 받은 것처럼 그들은 만났다.

현악기 제작의 거장인 라베르트 씨가 자신의 수습생을 활 제작의 거장인 바쟁 씨의 집에 심부름을 보내게 되었다. 그들은 몇몇 고객들을 위해 이따금 협력하여 작업을 해왔었다. 활 제작자의 작업실은 그의 동료이자 친구인 현악기 제작자의 집에서 걸어서 10분 정도의 거리에 있었다. 자크는 그곳을 처음 방문했다. 그는 작업실로 들어갔고 정수리가 벗어진 희끄무레한 머리카락에 알이 두꺼운 안경을 걸친 오십 대의 거장을 즉각 알아보았다. 그는 거장에게 자기 스승이 보낸 큰 봉투를 전달했다. 자크는 그에게 인사를 한 후 지체하지 않고 다시 떠나려고 했다. 하지만 그가 작업실을 나서는 바로 그 순간, 무의식적으로 몸을 돌리다가 안경을 끼고 작업대 앞에 있던 젊은 여자의 모습에 흠칫 놀랐다. 그녀 바로 옆에는 아주 작은 대패로 주황색의 기다란 활대를 얇게 다듬고 있던 젊은 남자 수습생이 있었다. 천사의 곱슬머리 같은 긴 대팻밥들이 작업대 위로 잔뜩 떨어졌다. 그때까지 그는 악기와 활 제작자들은 모두 남자들일 거라고 고지식하게 생각했다. 그 젊은 여자는 불꽃 바로 위에서 활대를 달구어 아름답게 휜 형태를 얻어내기 위해 아주 부드럽게 활대를 구부리려고 애썼다. 그녀는 자신이 관찰되고 있는 걸 느꼈다. 고개를 들자 전달자의 임무를 분명 끝냈는데도 아직 거기에 있던 젊은 남자가 보였다. 그녀는 그에게 아주 짧은 미소를 지어 보였고 곧이어 자기 일로 되돌아가 집중을 계속했다. 자크 역시 그녀에게 똑같은 미소를 돌려주었을 뿐이었다. 커다란 침묵이 다시 감돌았다. 작은 대패의 규칙적인 소음, 그리고 이상적인 곡선을 얻어내기 위해 작업대 가장자리에서 활대가 빚어내는 마찰음만이 이따금 들려왔다.

자크는 몸을 돌려 살그머니 자리를 떴다.

그날 저녁, 침대맡의 불을 끄기 전에 그는 자신의 초록색 공책, 18번 번호를 단 그 일기장 겸용 공책에 수수께끼 같던 그 여성 수습생과의 뜻밖의 만남을 적어두었다.

불을 껐지만 자크의 방에 잠의 신은 찾아오지 않았다. 수습생은 늦은 밤 1시까지 어둠 속에서 깨어 있었다.

5

날들이 지나가고 수많은 주일이 흘러갔다. 그 무엇도 일에 대한 그들의 열정, 자신들의 직업에서 나날이 발전하려는 차분하면서도 강박적인 욕망을 방해하지 않은 채 익숙한 일상이 다시 이어졌다. 스치듯 만났던 기억조차 매일 쌓여가는 시간의 더께 아래 이내 묻혀버렸다. 자크도 엘렌도 더는 상대방을 생각하지 않게 될 정도로 그들이 주고받았던 미소의 흔적은 어둡고 깊은 기억의 우물 속에서 화석이 되어버렸다.

그렇지만 그들이 직업 활동의 비좁은 주물 속에만 온전히 갇혀 있지 않았던 어느 날, 두 번째 만남이 이루어졌다. 8월 말로 향하던 어느 햇살 가득한 오후였다. 그들은 각자의 짧은 바캉스에서 돌아오는 길이었다. 자크는 외아들이던 아버지가 물려받은 고향 집이 있는 노르망디에서 휴가를 보냈었다. 엘렌은 디종에서 멀지 않은 곳에 있던 부모의 시골 별장에서 몸의 휴식과 마음의 평화를 맛보고 돌아오던 길이었다. 두 사람은 각자의 배낭을 메고 기차에서 내려 역 구내를 향해 걸어가고 있었다. 그들의 눈이 서로 마주쳤다. 여행객이 별로 없어서 서로를 쉽게 알아볼 수 있었다.

"안녕하세요!"

"안녕하세요, 나를 기억하세요?"

"예, 언제인지는 기억나지 않지만, 우리 작업실에 한번 오셨잖아요!"

"맞아요! 이런 반가운 우연이! 내 생각에 우리가 같은 기차를 탔던 것 같습니다."

"그런 거 같네요. 바캉스에서 돌아오는 길인가요?"

"네, 당신도요?"

"네."

그들은 카페에 잠시 들어가기로 했다. 조용한 장소를 찾아 몇 분 걸은 끝에 카페테라스의 파라솔 아래 자리를 잡았다.

"내 이름은 엘렌, 엘렌 베케르라고 해요." 활 제작자가 현악기 제작자에게 악수를 청하며 말했다.

"나는 자크 마이야르라고 합니다. 미르쿠르에는 언제부터 계셨나요…?"

"3년 반 되었어요… 나는 헤로* 출신이지만 가족은 리옹에 살고 있어요. 당신은요?"

---

* 헤로Herault는 프랑스 남부 지방의 주(州) 이름이며 몽펠리에가 그 주도(州都)이다.

"나는 파리 사람이에요. 하긴 그렇게 말하기에는 좀 복잡하긴 한데 아무튼 대충 말하자면 파리에서 늘 살아오긴 했어요⋯ 나도 미르쿠르에 온 건 3년 좀 넘었고요⋯"

주문을 받으러 온 종업원에게 그들은 커피를 한 잔씩 시켰다.

"바쟁 씨 작업실에서 당신을 보았을 때 굉장히 놀랐어요. 그 직업에는 여자들이 없을 거라고 잘못 생각하고 있었거든요⋯"

"당신 말이 맞아요, 이 일은 거의 전적으로 남자들에게 마련되어 있어요. 바쟁 씨도 나를 받아들이는 일에 좀 뜸을 들였어요."

대화는 굉장히 활기차게 이어졌다. 그녀는 우선 자기 직업의 기쁨과 어려움에 대해 토로했다. 엘렌은 수십 년 동안 건조 상태로 잠들어 있던 브라질 나무 막대기를 깨워 이상적인 형태로 휘게 하는 데 성공했을 때의 행복감을 자크에게 들려주었다.

"그 브라질 나무가 18세기의 그 위대한 프랑스 명인이 들여왔다는 유명한 나무죠? 음⋯ 프랑수아⋯?"

"프랑수아 자비에 투르트."

"아 그래, 맞아요."

"그게 브라질에서만 자라는 나무예요⋯ 자신의 기예를 완성하기 위해 그토록 먼 곳의 나무를 생각했다는 사실이 놀라워요. 그렇지 않아요?"

"맞아요, 정말 대단해요… 기술적으로 그리고 지리적으로 그를 멀리 이끌어 갔던 것은 열정이죠…"

자크 또한 아마티로부터 이어지는 위대한 현악기 제작자들에 대한 자신의 경탄을 이야기했다. 아마티는 현악기 창작을 위해 사용된 나무들의 선택을 결정적으로 확정했던 사람이다. 앞판은 가문비나무, 뒤판, 손잡이, 옆판, 브릿지는 단풍나무, 지판과 술걸이는 흑단나무… 엘렌과 마찬가지로 자크도 자연 건조의 오랜 기간을 거쳐 나온 나무들로 작업을 했다. 그리고 엘렌이 활들의 아름다운 곡선에 매료되었듯이 그 역시 악기에 초자연적인 진동 역량을 부여하기 위해 앞판과 마찬가지로 뒤판에 실현해야 할 아름다운 곡선과 아치의 섬세한 우아함에 매료되었다. 바이올린이 두 손과 하나가 될 때까지 각각의 몸짓에 꼭 맞는 도구에 대한 완벽한 숙련에 이르러야 했다. 그 일은 꾸준한 노력과 무한한 인내를 필요로 했다. 하지만 그는 낙담하지 않았다. 오히려 화려하고 웅장한 소리가 길고 긴 여정 끝에 그를 기다리고 있을 거라고 확신하면서 자신의 노력을 배가시켰다.

그들은 서로 마주 보며 감동에 젖었다. 음악 소리의 제작이라는 신비에 끌려 보주 지방의 이 도시로 발을 들여놓기까지 그들을 이끌어 온 그 운명의 우연성과 필연성 앞에서 그들은 마음속 깊이 놀라워하고 있었다.

"나는 이 모험의 맨 첫 단계에 있을 뿐입니다." 자크가 밝고 희망찬 어조로 말을 맺었다.

"나도 마찬가지예요." 엘렌이 대답했다.

카페 파라솔 아래로 시간이 흘러갔고 두 젊은 수습생은 소리 없이 빠르게 지나가는 시간의 흐름을 의식하지도 못했다. 해가 벌써 기울기 시작했다. 이제 자리에서 일어나 각자의 공방으로 돌아가야 했다. 그들은 다시 보기로 약속하고 악수를 하고 헤어졌다. 두 사람의 모습이 저물어가는 골목길 속으로 사라졌다.

6

끊임없이 재개되는 규칙적인 관찰, 동요되지 않는 평
온 속에 이어가는 성찰, 하루도 거르지 않고 매일 반복되
는 행위들에 대한 사랑, 이렇게 또 몇 년의 세월이 흘러갔
다. 두 사람의 작업실이 그다지 멀리 떨어져 있지 않았는
데도 서로 모른 채로 살아가고 일하며 보냈던 처음 3년과
비교해 볼 때, 이제 자크와 엘렌에게 달라진 것은 역에서
의 뜻밖의 만남 이후 점점 그들의 만남을 정착시켰다는
점이었다. 처음에는 2~3주에 한 번씩 만나다가 곧바로 빈
도수를 높여 매주 만나는 리듬에 도달했다. 그들은 간단한
식사를 함께하기 위해 정오의 휴식 시간을 자주 이용했다.
이따금 일을 마치고 난 저녁에 어둑한 싸구려 식당에서
만나 머리를 맞대고 저녁을 먹고 밤늦은 시각까지 머물기
도 했다. 한 사람의 마음에서 우러난 말들은 상대의 가슴
을 파고들었다. 그러고 나서 앞선 날들 못지않게 열성적일
다음 날을 생각하며 인사를 나누고 각자의 집으로 돌아

가 눈의 피로를 달랬고, 가끔 앞날의 꿈으로 뒤척이긴 해도 짧지만 깊은 숙면을 취하며 팔과 어깨의 긴장된 근육을 풀었다. 그들은 서로가 결속되어 있음을 느꼈고 서로에게 마음을 터놓았으며, 각자가 인내심 있게 추구하고 있는 완벽한 기예의 개념에 밀착된 개인적 성취의 개념 안에서 스스로를 되찾아가고 있었다. 그리하여 한 사람의 세계는 상대방의 현존과 도움을 이용하여 강화되고 풍부해지고 넓어져 갔다.

어느 날 엘렌의 입에서 마음 깊은 곳의 말들이 새어 나왔다.

"어쩌면 언젠가 어떤 사람이 당신이 만든 바이올린과 내가 만든 활로 연주를 할 거예요!"

그녀는 얼굴이 새빨개졌다.

"왜 아니겠어요?" 자크는 엘렌의 두 눈을 바라보며 생각에 잠긴 목소리로 대답했다.

엘렌은 규칙적으로 부모님께 편지를 썼다. 부모 역시 자신들의 안부와 집안 소식, 자주 만나는 사람들의 근황을 전하는 답장을 보내주었다. 그렇게 해서 엘렌은 학창 시절 친구가 취직을 했다거나 누구는 약혼을 했다는 등의 소식을 들었다. 그녀는 세월이 흘렀으며 자신 역시 결혼이 젊은 여자들의 의식에 떠오르는 나이에 이르렀음을 깨달았다. 이따금 그녀는 잠들기 전 침대에서 어렴풋하면서도 끈

질긴 불안을 느끼며, 아직 아무런 형태도 없는 자신의 미래가 오랫동안 불안정한 불확실성 속에 머물러 있을 수도 있을 거라는 생각을 하곤 했다. 심지어 스승의 공방에서 일을 하던 한낮에도, 행복과 만족을 가져다주는 가족과 직업의 환경 속에서 지내는 꿈을 꾸거나 상상을 하고 있는 스스로에 대해 퍼뜩 놀라곤 했다. 그리고 그녀 마음속에서 사크의 삶과 혼합된 자신의 삶을 생각하는 일을 떨쳐낼 수 없었다…

그런데 비가 추적거리던 어느 봄날, 전혀 예상치 못했던 일이 그녀 앞에 벌어졌다. 자크가 다음 일요일에는 진짜 식당에 가자고 엘렌에게 제안했던 것이다. 그때까지 그들은 항상 공방의 구내식당보다 조금도 나을 게 없는 시내의 허름한 식당에 만족했었다. 자크는 그 일요일의 만남이 다른 분위기에서 이뤄질 것을 원했다.

"내가 다 알아서 할 테니 나한테 맡겨!" 자크가 말했다.

넥타이에 정장 차림의 자크가 엘렌이 머물고 있는 바쟁의 아틀리에로 찾아왔다. 가볍게 화장을 한 젊은 여인은 밝은 초록색 원피스를 입고 나타났다. 젊은 남자는 그때까지 활 제작자의 앞치마에 가려 눈치채지 못했던 그녀의 은근한 아름다움에 놀라워했다. 그들은 에피날*에 가기 위해 기차를 탔고, 역 근처의 식당 〈타오르는 덤불 숲〉에 자리했다. 주문을 하고 나서 잠시 침묵이 감돌았다. 그들 각

---

* 에피날은 보주 지방의 주도(州都)이다.

자 상대방의 기다림을 가늠하고, 상대방의 의식 속에서 준비되고 형식을 갖추고 조합되어 발화될 말들을 짐작하는 듯했다.

"오늘은 특별한 날이야…" 마침내 엘렌이 입을 열었다.

자크는 엘렌이 분명 다정하고 듣기 좋은 말들이 자신의 입에서 흘러나오길 기대하고 있을 거라고 생각했다. 그는 심정적으로는 완벽하게 동의하지만 그의 의지가 호응을 거부했던 그 침묵의 호소에 굴복하지 않으려고 스스로를 억제했다.

"그래, 특별한 날이지… 나는 중요한 결심을 했어."

"아, 그래?" 엘렌이 초조하게 중얼거렸다.

"… 으음… 어떻게 말하면 좋을까… 나는 미르쿠르를 떠나기로 했어."

"…"

당황한 엘렌은 입도 벙긋할 수 없었다.

"나는… 크레모나로 가서 수련을 계속할 거야. 라베르트 씨가 그곳의 훌륭한 스승에게 나를 연결해 주었고 그 사람이 날 받아주기로 했어. 내가 정복해야 할 것들이 아직도 어마어마하게 많이 남아 있어, 특히 복원 분야에서."

"나는…"

엘렌은 감정이 복받쳐서 말을 중단했다.

"나는 우리가 이런 식으로 오래 계속할 거라고 생각했어…"

젊은 여인은 무너지지 않으려고 안간힘을 쓰고 있었다. 어느 정도 예상은 했으나 그 정도로 강렬하리라고는 생각지 못했기에 자크는 엘렌의 갑작스러운 동요에 혼란스러워졌고 마음을 가라앉히려 애쓰며 그런 결정의 이유를 차분하게 설명했다.

"나 역시 지금껏 그래왔던 것처럼 계속되었으면 했어… 하지만 그럴 수 없어. 엘렌 너에게 중요한 이야기를 해야 해."

눈물을 감추려고 눈을 내리깔고 있던 엘렌은 오른손을 뺨으로 가져가며 고개를 들었다.

"너하고 이런 이야기를 해본 적이 한 번도 없었지… 사실 나에게는 오래전부터 하나의 계획이 있었어. 미르쿠르에서 보낸 5년은 그 계획의 첫 단계일 뿐이었고… 미안해, 너한테는 좀 더 일찍 말했어야 했는데 그게 어려웠어. 처음에는 내가 정말로 이 직업에 적합한지, 이 일이 지속할 만한 가치가 있는지에 대해 자문하며 불확실한 기간을 보냈어… 그리고 나서 그런 의혹을 거두어 내는 데 성공하자, 현악기 제작자로서의 내 미래를 네 곁에서, 너의 앞날과 함께하는 꿈을 꾸기 시작했지. 어쩌면 너처럼… 하지만 나는 유년 시절부터 마음속에 품어왔던 그 계획을 포기할 수 없어… 우리가 여기 온 건 너에게 그 계획을 털어놓기 위해서야… 그건 조금 긴 얘기가 될 거야."

차츰 진정되어 가던 젊은 여인의 얼굴은 미르쿠르에서

획득한 것으로 만족할 수 없었던 젊은 현악기 제작자의 설명을 받아들일 마음의 준비가 되어 있음을 나타내고 있는 듯했다.

"자, 어디서부터 시작할까?" 자크가 자문했다.

종업원이 그들이 주문한 전식을 가져왔다.

"맛있게 먹어, 엘렌."

"고마워, 너도 맛있게 먹어."

"고마워… 엘렌, 나는 혹시 네가 아시아인의 외모를 가진 내가 완전히 프랑스식의 이름과 성을 가진 데 대해 물어보고 싶지 않았을까 종종 궁금했어…"

"처음엔 그랬지. 나는 네가 베트남이나 중국인 집안 출신이라고 생각했고… 네가 프랑스에서 태어났기 때문에 프랑스 이름을 주었나 보다고 생각했어… 더 멀리 알아보려고 하진 않았어. 어쨌든 그게 나에게는 전혀 고민스러운 문제가 아니었거든! 외모, 성, 출신, 그런 것들은 나의 관심사가 전혀 아니었어… 중요한 건 네가 너의 노력과 의지로 이루어 내고 있는 거니까… 안 그래?"

"내 이름은 자크 마이야르지만 미주사와 레이라는 또 다른 이름이 있어. 특히 예전에는 그렇게 불렸어. 나는 일본인이었어… 나는 도쿄에서 고아가 되었고 마이야르 부부가 나를 입양해서 아들처럼 키워주었지…"

그렇게 해서 자크는 그가 이전에 살아온 20년의 세월을 이야기하기 시작했다. 거대 도시 도쿄의 어딘가에 위치한 문화센터 내의 회의실 구석에 놓인 유럽식 장롱의 어둠 속에서 혼자 두려움에 벌벌 떨며 보냈던 어느 오후의 중요한 부분을 지나면서, 장롱의 자물쇠 구멍으로 보았던 그 장면을 최대한 충실하게 재구성하고 싶은 마음에 동요되어 그는 자주 식사를 중단해야 했다. 엘렌 또한 자크가 들려주는 이야기에 완전히 몰입하느라 음식을 천천히 먹었다. 식사 시간은 오래 지속되었다. 자크가 이야기를 끝마쳤을 때 그들은 〈타오르는 덤불숲〉의 유일한 손님이 되었다. 그들은 아직 디저트도 먹지 않았다.

"더는 배가 고프지 않아." 엘렌이 말했다.

"나도 그래. 이제 가야 할 거 같아. 곧 기차 시간이거든."

자크는 계산을 하고 종업원에게 감사의 말을 전하며 식사를 늦게 마친 것에 대해 사과했다. 그런 다음 그들은 식당을 나섰다.

"이런, 비가 오네…" 엘렌이 소곤댔다.

"내 마음에 비가 오듯 도시에 비가 내리네…"*

"순서가 뒤집혔어…"

"알아, 근데 저절로 그렇게 나왔어…"

미르쿠르에 돌아온 그들은 바쟁 씨 공방을 향해 천천히 걸었다.

"크레모나로 언제 출발할 거야?"

"2주일 후에. 우리가 만날 시간은 아직 있어."

---

* 베를렌의 유명한 시의 한 구절로 원래는 '도시에 비 오듯 내 마음에도 비가 내리네'이다.

"그곳에 오래 머물 거야?"

"모르겠어."

"편지할 거지?"

"물론이지, 서로 편지하자. 내가 규칙적으로 편지할게."

작별 인사를 나눠야 하는 순간을 되도록 늦추고 싶었던 것처럼 그들은 아주 천천히 걸었다. 그럼에도 불구하고 함께 있는 시간을 더 연장하기 위한 어떤 일도 궁구하지 못한 채 그들은 바쟁 씨 집에 너무 빨리 도착하고 말았다. 유령 같은 가로등만이 그들을 비추고 있었다. 엘렌은 식당에 초대해 준 일, 그리고 무엇보다도 그녀를 뒤흔들어 놓았던 그의 삶의 이야기를 들려준 것에 대해 고마움을 표시했다. 자크 또한 즐거운 동반자가 되어 자기 얘기를 귀담아들어 주고 이해해 준 엘렌에게 고마워했다. 그리고 그는 다정하고 온유하며 내밀하고 호의적이고 격려가 되는 그녀의 우정이 자신에게 얼마나 귀중한 것인지를 덧붙였다. 그는 그녀의 손을 잡고 그 위에 입을 맞추었다. 그들은 서로 바라보았다. 엘렌은 주변의 창백한 불빛이 투영된 자크의 안경 너머로 반짝이는 그의 두 눈에 비치는 가녀린 눈물을 본 것 같았다. 두 얼굴이 가까워졌고 그들은 처음으로 서로를 껴안았다. 포옹은 열렬하고 길었다. 마침내 그들은 서로 헤어져 멀어졌다. 엘렌은 친구의 그림자가 인근 골목길의 어둠 속으로 사라질 때까지 아틀리에 앞에 꼼짝하지 않고 서 있었다.

7

어느 겨울 저녁, 집에 돌아온 엘렌이 몹시 흥분한 상태로 거실 소파에 앉아 책을 읽고 있던 자크에게 말을 걸었다. 모모는 그의 발치에 있었다.

"자크, 내가 찾아낸 것 좀 봐. 2~3년 전에 내가 일본인 바이올리니스트 야마자키 미도리에 대한 「리베라시옹」의 짤막한 기사 췄던 거 기억해? 그때 그 여자가 자신의 음악 경력에서 할아버지의 결정적 영향력에 대해 말했던 게 내 호기심을 일으켰거든…"

"그래. 그게 그 여자가 어느 콩쿠르에서 최우수상을 받았을 때였지… 어떤 콩쿠르인지 모르겠네…"

"이거 읽어봐, 그녀가 최근에 『음악과 말』 잡지에서 한 인터뷰야… 그 여자 할아버지가 육군 장교였는데 그럼에도 대단한 음악광이기도 했었대… 이렇게 말하고 있어, 오늘의 나를 만든 건 나의 스승인 스즈키 여사 못지않게 나의 조부 덕분이다..."

문고판의 일본 책 독서에 빠져 있던 자크는 고개를 들고 잡지를 손에 들었다.

"나는 나의 할아버지로부터 물려받은 것으로 이루어졌다."

그는 큰 소리로 제목을 읽고 나서 조용히 기사를 다 읽었다.

"그러네, 스물여섯 살의 일본인 바이올리니스트가 왕년의 군인이던 할아버지와의 관계를 말하고 있군… 뭔가 솔깃한 부분이 있긴 해. 좀 파고들어 가볼 만하겠어…"

"내 생각도 그래. 그 사람에게 편지를 쓰면 어떨지…"

"하지만 어떻게?"

"그의 에이전트에 편지를 보내는 거야. 보통 에이전트는 그녀 앞으로 도착한 모든 걸 예술가에게 전달하거든."

자크는 조금 전 엘렌이 한 말에 대응하지 않았다. 그는 상처받은 기억들과 슬픈 생각들의 심연 속에 잠겨 있었다. 페이지가 펼쳐진 채 눕혀져 있던 일본 책을 다시 집었다. 무수한 포스트잇이 붙여진 책은 만화 영화 주인공의 머리에 휘날리는 서로 다른 색깔의 머리카락을 떠오르게 했다. 밤색 종이로 표지를 조심스럽게 덧씌운 그 책은 수없이 여러 번 만져진 탓에 몹시 낡아 있었다. 표지에는 검정 수성펜으로 히라가나*의 여덟 글자와 두 개의 표의 문자가 적혀있었다.

---

* 히라가나는 일본어 음절을 표기하는 마흔여섯 개의 글자로, 일본어를 표기하는 두 가지 방식 중 하나를 구성한다.

8

열한 살에 프랑스로 와서 그때부터 프랑스의 교육 체제 안에 있었던 미주사와 레이는 일본어로 말하는 습관을 잃어버렸다. 한동안은 일본어로 읽고 쓰는 일까지 잃어버리기도 했다. 프랑스어의 상황에 이식된 아이의 모든 노력은 우선적으로 자기를 받아들인 나라의 언어를 배우는 일에 바쳐져야 했기 때문이다. 친구인 미주사와 유의 추억에 충실했던 필립은 자신의 양아들을 온유한 사랑과 너그러운 감정으로 보호했다. 그는 난폭하게 아버지를 잃은 아이가 가능한 한 가장 올바르게 자라날 수 있도록 신경을 썼다. 더구나 그는 아이의 마음에 입혀진 상처가, 영원히라고 말할 순 없겠지만, 아주 오랫동안 벌어진 채로 있을 것이며 결코 완전하게 봉합되지 않으리라는 걸 잘 알고 있었다. 그의 아내 이자벨은 자신이 불임이라는 걸 알고 있었기에 일본인 아이를 사랑하며 그 아이에게서 자신의 모성애를 충족시킬 이유를 찾아냈다.

필립과 이자벨 마이야르 부부는 자신들의 양아들이 새로운 환경 안에서 유년기의 마지막과 청소년기를 조화롭게 보내기를 바랐고, 어쨌거나 심리적 충돌과 갈등을 되도록 덜 겪기를 바랐다. 그런 이유로 그들은 심리학자와 협의하여, 자기 아버지의 망가진 바이올린으로부터 절대로 떨어지려 하지 않던 레이에게 당시 프랑스의 가장 위대한 바이올리니스트인 자크 티보를 떠올리면서 자크라는 이름을 부여했다.

"이제 너는 너의 아빠, 너의 **오또상**이 네게 주었던 가장 아름다운 이름인 '레이'에다 '자크'라는 프랑스 이름을 하나 더 갖는 거야. 새 이름은 너의 일본 이름을 절대 지워버리지 않아. 언젠가 네 아버지에게 들었던 이야기에 대한 내 기억이 정확하다면 '예의, 정중'을 뜻한다는 그 일본 이름 말이야. 맞지? 두 이름은 서로를 지탱하며 서로에게 힘이 될 거다. 그렇게 되면 너는 두 배로 강해지는 거지! 이제 너의 새로운 나라인 이곳 프랑스에서는 내가 경이로운 기억을 간직하고 있는 너의 오또상을 대신할 거야. 네 부친의 높이에 가 닿도록 노력할게…"

바로 이런 말들로, 언젠가 필립은 아이가 좀 더 잘 이해하도록 여기저기 일본어를 끌어들이면서 레이에게 이야기했었다. 6개월의 학교생활을 거친 아이는 구술 표현에서 안심할 만한 이해 수준에 도달했다.

그때부터 프랑스 부모의 사랑을 받으며 보호받고 있

다고 느낀 자크는 숨긴 채 털어놓지 못해 가슴 깊이 지녀왔던 억압된 두려움을 그럭저럭 길들여 가면서 프랑스어에서 괄목할 만한 진전을 이루어 냈고, 몇 년 만에 반에서가장 우수한 학생 중 하나가 될 정도였다. 그리고 바로 그무렵부터 사라진 아버지의 언어를 가까이 간직하고 싶은욕망이 그에게 조금씩 찾아들었다. 그는 요시노 겐자부로의 『그대들, 어떻게 살 것인가』를 다시 펼쳤다. 그것은 아버지의 권유로 읽었던 책이었기에 그는 마치 악몽에서 깨어나듯 아버지를 난폭하게 그리고 영원히 그로부터 빼앗아 갔던 그 비극적인 날을 고통스럽게 기억해 냈다. 그는끈기 있게 요시노의 책을 다시 읽었다. 마음에 드는 말들,기분 좋게 귓가를 울리던 문장들 그리고 때로는 강조하고싶은 페이지 전체를 초록 공책에 베껴 적었다. 일본어로말을 나눌 사람이 아무도 없었기에 자크는 그 언어로 글을 쓰는 습관을 들였다. 그리하여 초록 공책은 우선 그의비밀정원이 되어 그가 도쿄에 남겨두고 온 것들과 자신의어린 시절 영혼의 어둡고 깊숙한 곳 어딘가에 간직하고있던 것들로 다시 돌아가거나 거슬러 올라가는 그런 곳이되었다. 자크는 훗날 열다섯 살쯤, 내면 일기를 쓰는 일이그가 가졌던 두려움의 강박에 대한 일종의 치유가 되어그의 안에 제대로 안착하게 되었을 때, 그때 비로소 프랑스어로도 일기를 쓰기 시작했다. 그렇게 이어진 초록 공책들 ― 해마다 그는 그 용도를 위해 변함없이 초록색의 초

등학생용 공책만 사들였다 — 에는 프랑스어로 된 페이지
들에 히라가나와 다소간 복잡한 표의 문자들이 여기저기
섞여 산재하고 있었다.

9

　그러므로 자크가 야마자키 미도리에게 편지를 쓰기로 결심했을 때 일본어로 편지를 작성하는 일은 그렇게 어렵지 않았다. 물론 프랑스어로 편지를 쓰는 게 더 쉽고 빨랐지만 일본어로 자신을 표현하는 일이 중대한 걸림돌이 되지는 않았다. 물론 늘 일본에서 살아왔던 일본인처럼 글을 쓰지는 못했다. 현행 표의 문자에 대한 그의 이해는 제한적이었다. 생의 7분지 6을 프랑스에서 보내고 프랑스인이 된 그는 이제 태어날 때의 언어를 마치 외국인이 사용하는 언어처럼 쓰고 있었다. 일본어로 옮겨가는 게 더 이상 자연스러운 일이 아니었기에 특별한 노력을 요구하기는 했지만 고통스럽지는 않았다. 자크는 그 바이올리니스트가 자신의 훈련을 완성하기 위해 파리 콩세르바투아르에 머물렀던 사실을 알고 있었다. 그러므로 그녀가 프랑스어를 이해하고 있다는 점은 아주 확실했다. 그럼에도 그는 일본어로 편지를 쓰기로 선택했다. 그가 그녀에게 말하고 싶었던 것은 그의 존재의 가장 깊숙한 일본적 지층에 관한 것이고, 일본어로 살았던 65년 전 그의 삶의 사건이었다. 하지만 그 순간부터 마치 시간이 살해되고 응고되어 결정적으로 정지된 것처럼, 그 사건은 굳어지고 경화되었던 것이다.

어느 목요일 저녁, 자크는 〈임시 휴업〉이란 글자가 쓰인 흰 종이를 현관 위에 붙였다. 이튿날 아침 레이는 아침 식사 후에 65라는 번호가 달린 자신의 초록 공책에 편지의 초고를 작성하기 시작했다. 그는 단숨에 세 페이지를 적어나갔다. 그리고 그것을 다시 읽었다. 그는 몇 개의 문장을 고치고 단어들을 좀 더 정확하고 적절한 다른 말들로 바꾸고, 잘못 풀려나간 두세 문단은 완전히 다시 쓰고 싶었다. 토요일 아침에 그는 초고를 다시 붙잡았고 기획했던 편지의 끝까지 다 갔다는 느낌이 들었을 때, 겨울 해는 이미 기울어져 있었다. 엘렌이 그에게 휴식을 권했다. 그들은 말차를 한 잔 마시기로 했다.

"이제 끝난 거야?"

"응, 거의. 아주 잘 쓴 편지는 물론 아니야. 실수와 어색한 표현이 당연히 있겠지. 표의 문자가 많지 않아, 내가 그건 잘 모르거든. 많은 단어가 히라가나로 되어 있어… 일테면 쿠로카미 중위 같은 인명부터 시작해서… 하지만 어쨌거나 중요한 얘기는 다 했다고 생각해. 여기서 멈출 거야. 내일 다시 읽어봐야지. 그래서 괜찮으면 깨끗하게 옮겨 쓸 거야."

　그날 밤 자크는 잠을 이루지 못했다. 엘렌은 그걸 알아
챘다.

　그들은 서로에게 기댄 몸이 하나가 되어 잠에 빠져들
기까지 이불 속에서 오랫동안 서로를 안아주었다.

10

한없이 길게만 느껴졌던 거의 일주일간의 기다림 끝에 레이는 야마자키 미도리의 이메일을 받았다. 그 편지는 정지된 시간의 모든 두께를 엑스 광선처럼 관통해 버렸다.

보낸 이 : 야마자키 미도리

받는 이 : 水澤礼 / 미주사와 레이/ 자크 마이야르

제목 : 보내주신 편지에 매우 감사합니다.

날짜 : 2003년 2월 28일

친애하는 선생님께,

저를 놀라게 한 선생님의 긴 편지에 무한한 감사를 드립니다. 네, 제 외조부 성함이 쿠로카미 겐조입니다. 그분은 육군 중위였습니다. 그러니까 선생님께서 1938년 그 이례적으로 극적인 상황에서 보셨던 분이 바로 제 외조부님이십니다. 그분은 1993년에 작고하셨습니다.

선생님을 뵐 수 있다면 저는 매우 기쁠 겁니다. 그런데 지금부터 3주 동안 미국과 캐나다로 순회공연을 떠나야 합니다. 돌아오는 즉시 선생님께 다시 연락드리겠습니다. 그때 우리가 만날 수 있는 방법을 찾아보도록 하겠습니다.

편지를 보내주셔서 정말 고맙습니다. 저는 매우 감동을 받았습니다.

진지한 마음을 담아,

야마자키 미도리.

단순하고 명료한 일본어로 쓰인 메시지는 레이가 이해하는 데 아무 어려움이 없었다. 그녀 조부의 성과 이름은 프랑스 현악기 제작자가 보냈던 편지에서처럼 히라가나로 쓰여 있었다. 그것은 어린 시절 레이의 청각적 인식을 공유하려는 배려가 보이는 섬세한 관심의 증표였을까? 혹은 감동적인 편지를 쓴 낯선 저자의 위치에 자신을 놓음으로써 일본에서의 유년기를 난폭하게 정지당한 뒤 모국어의 사용 능력을 잃어버린 누군가가 마주하게 될 아주 특별한 어려움을 생각했던 걸까? 레이는 타오르듯 날카로운 열기가 강렬하게 위 속에 퍼지며 목으로 치밀어 오르는 느낌이었다. 얼어붙었던 거대한 감정 덩어리가, 잠들어 있던 내면이 그 열기의 효과로 차츰 녹아들기 시작했고, 그것은 겨울잠에 빠져 있던 아메리카의 검은 곰이 천천히 깨어나 그토록 기다리던 봄이 다가옴에 따라 차츰 활동을 재개하는 것과 흡사했다.

화석화되었던 시간이 풀어지며 요동치기 시작했다.

미뉴에트 : 알레그레토

1

"안녕하세요, 미주사와 레이입니다…"

"안녕하세요. 기다리고 있었습니다. 들어오세요."

미주사와 레이는 두 손으로 야마자키 미도리에게 명함을 내밀었다. 도쿄 여행을 위해 준비해 두었던 것이었다. 바이올리니스트는 명함을 들여다보았다.

"그러니까 자크 마이야르가 선생님의 프랑스 이름이군요."

"네, 그렇습니다. 저는 두 개의 이름으로 일을 하고 있어요. 만나주셔서 매우 감사합니다."

레이는 현관 입구에 서 있었다. 그는 20센티미터 정도 높이의 마루 위에 흰색 실내화 한 켤레가 집 안쪽을 향해 놓여 있는 것을 주목했다.

"그거 선생님을 위한 겁니다." 미도리가 말했다.

상냥하고 따스한 미소를 내보이는 젊은 일본 여인이 손가락으로 실내화를 가리켰다. 프랑스인 손님은 마루 가장자리에 앉아 신고 있던 운동화를 벗어 현관 타일 바닥에 가지런히 놓았다.

그는 두 개의 벽면이 바닥에서부터 천장까지 책들과 악보들로 꽉 채워진 커다란 방으로 안내되었다. 방 한가운데는 그랜드 피아노가 차지하고 있었고 그 곁에는 소파 하나와 담황색이 도는 노란 안락의자 두 개가 놓여 있었다.

"앉으세요, 편하게 자리하세요."

그는 가죽 서류 가방과 배낭처럼 메고 있던 보르도 색 바이올린 케이스를 마루에 내려놓았다. 누군가 문을 두드렸다. 기모노 차림의 오십 대 여인이 세 개의 찻잔이 놓인 둥근 쟁반을 들고 들어왔다.

"저의 어머니세요."

"반갑습니다. 저는 야마자키 아야코라고 합니다. 제 딸이 선생님과 선생님의 편지에 대해 많이 이야기했어요. 저더러 읽어보라고도 했고요. 선생님을 한시바삐 만나고 싶었습니다."

"아, 겐마이차* 향이 좋군요! 대단히 고맙습니다."

"겐마이차를 아세요?" 야마자키 부인이 조금 놀라며 물었다.

"예, 제 동반자와 차를 자주 마십니다… 이 차도요."

"선생님 편지에 따르면 아주 오래전부터 일본에는 안 오셨다고…" 미도리가 물었다.

---

* 볶은 쌀가루를 섞은 녹차

"네, 처음입니다. 65년 동안 오지 않았어요… 저는 일흔여섯 살입니다. 이제 노인이 되었지요."

"그러니까 그 일이 일어났을 때 열한 살이셨군요…"

"그렇습니다,"

"열한 살 때부터 프랑스에서 사신 거네요…"

"네, 아버지의 프랑스인 친구에게 입양되었어요. 저는 프랑스에서 자랐어요."

"그런데 놀랍군요" 야마자키 부인이 말했다. "선생님은 일본어를 아주 자연스럽게 말씀하세요. 일본에는 그렇게 오랫동안 살지 않았는데도 말이에요."

"아닙니다, 부인. 제가 말하는 방식이 조금 이상할 겁니다."

"다른 곳에서 온 분이라는 건 알겠어요. 하지만 그게 의사소통을 전혀 방해하지 않아요…"

"제 일본어는 일본에서 살지 않은 이래로 어떻게 보면 좀 굳어져 버렸어요. 반면에 읽기는 계속했습니다… 많이 읽었어요. 제가 일본어를 유지할 수 있었던 것은 분명 독서 덕분일 겁니다… 나중에 현악기 만드는 사람이 되었을 때 꽤 많은 일본 음악가들과 관계할 수 있었고… 그로 인해 일본어로 말할 기회가 주어졌지요…"

레이는 차분하고 안정된 중저음의 목소리로 천천히 말했고 이따금 말을 멈추기도 했다.

"그러니까 당신이 쿠로카미 중위의 손녀시군요…"

"네, 그래요."

"…"

노(老) 방문객은 대화를 이어가기에 앞서 잠시 숨을 골라야만 했다.

"언젠가 그분의 손녀를 만나리라고는 상상도 못 했습니다, 안 그렇겠어요?"

"그럼에도 불구하고 당신의 운명이 그만큼 예사롭지 않은 거지요." 야마자키 아야코가 감탄하며 말했다.

"부인의 부친이자 따님의 조부인 그분에 대해 말씀해주세요. 그분과 저의 만남은 아주 순간적이었고 아무 말도 나누지 못했어요… 기껏해야 10여 초 정도 되었죠. 하지만 아버지의 부서진 바이올린을 제게 건네주면서 그분이 보여주었던 희미한 미소는 온전하게 기억하고 있어요. 아버지와 아버지의 친구들 그리고 군인들, 그곳에 있던 모든 사람이 떠나고 난 후 그분만 거기 남아 있었어요… 그리고 바로 그 순간 누군가 그분의 이름을 소리쳐 불렀어요… 그래서 그분이 쿠로카미라는 걸 알게 된 거죠. 저는 그 이름을 어렵지 않게 외울 수 있었어요. 그 이름은 제 기억 속에 영원히, '검은 머리카락'이라는 생각과 결합되어 지울 수 없는 글자들로 새겨졌습니다…"

젊은 음악가는 어머니가 말을 꺼내도록 부추기듯이 미소를 띤 비밀스러운 표정으로 어머니를 바라보았다.

"사실 '쿠로카미'는 '검은 머리카락'이 아니라 '검은 신'이라는 의미예요." 야마자키 부인이 대답했다.

"아, 그래요? '카미'가 '신'이라는 뜻의 '카미'예요? 이런 세상에!" 레이가 깜짝 놀라며 말했다.

"그건 매우 드문 성이죠. 히로시마 지방에 아주 강력한 '쿠로카미' 집성촌이 있는 것 같아요. 그리고 저의 아버지가 그 히로시마 출신이었고…"

"미야지마에 대해 들어보셨을 거예요…" 미도리가 덧붙였다. "바다에 걸린 거대한 주랑인 **토리이**로 아주 유명한 관광지죠… 사람들이 엄청 많이 찾는 그 미야지마 바로 위에 무인도가 하나 있는데 그 섬 이름이 '위대한 검은 신'이에요."

"저는 그게 '검은 머리카락'을 뜻한다고 확신했어요. '검은 신'일 거라고는 한순간도 생각하지 못했습니다. 모르니까 당연히 그렇게 생각한 것 같아요. '검은'과 '신'의 결합이 있을 수 없다고 생각한 거죠. 그렇지 않습니까? 어쨌거나 뜻밖입니다. 진작 알았더라면 분명 더욱더 인상적이었을 겁니다."

"선생님이 저의 할아버지에 대해 가지고 계셨던 이미지에 조금은 혼란이 일어났네요…"

"아, 그래요! 놀라워요… 제가 숨어 있던 장롱의 어둠을 통해 엿보았던 사람은 그러니까 검은 신이었네요!" 레이가 예의 차분함에서 벗어나 소리쳤다. "어둠 속의 신, 어둠 속에서 가장 **어두운** 마음속에 솟아 나온 신, 악몽 같은 검은 어둠 속에서 솟아 나온…"

그러고 나서 그는 혼잣말로 중얼거렸다.

"그분이 저를 구해주었어요… 게다가 아버지의 바이 올린도…"

그런 다음 그는 입을 다물었다.

그는 허공을 바라보았다.

2

그날은 도쿄에서 드물게 날씨가 화창한 5월의 하루였
다. 너무 덥지도 춥지도 습하지도 않았던, 가볍고 부드러
운 미풍이 살랑대고 생생한 햇살에 물든 풍성한 초록이
함께하는 날씨였다. 레이가 야마자키 미도리의 집에 도착
한 건 오전 10시 반쯤이었다. 프랑스인 방문객과 두 명의
집주인은 중위의 이름에 대해 그리고 일본의 성(姓)에 연
결된 표의 문자가 환기하는 힘에 대한 이야기로 한참을
보냈다. 의식하지도 못한 채 시간이 흘러 거의 정오가 되
었다.

"미주사와 씨, 바쁘지 않으시면 함께 점심을 먹어요…
우리는 오늘 하루를 모두 비워놓았어요. 선생님께서 괜찮
으시다면 함께 시간을 보내고 싶습니다."

"기꺼이 그러겠습니다, 부인. 제가 일본에 온 건 오로
지 당신들을 만나기 위해서입니다. 다른 일은 아무것도 없
어요."

"그렇다면 두 사람만 두고 잠시 자리를 비울게요. 부엌에 가서 할 일이 좀 있어서요… 거의 다 준비되어 있어요. 15분 정도만 하면 됩니다. 좀 있다가 봬요."

잠시 침묵이 흐른 후에 레이가 먼저 말을 꺼냈다.

"당신께 보낸 편지에 썼듯이 제가 이번 일을 계획한 계기가 된 것은『음악과 말』이라는 잡지에 실린 당신의 인터뷰입니다."

"네, 저의 할아버지에 대한 이야기가 선생님의 관심을 끌었지요… 그렇지요? '나를 만든 것은 나의 할아버지였다…'라는 제목의…"

"맞아요, 그게 그 인터뷰의 큰 제목이었죠, 결정적이었던 건 당신의 조부님이 육군 장교였다는 점이었어요… 그래서 무심할 수 없었던 겁니다."

"이해해요."

"사실 꽤 비범한 직관을 가졌던 저의 동반자 덕분입니다. 그녀는 활을 만들고 있고 물론 저의 모든 개인사를 잘 알고 있지요."

"부인이 활 제작자이시군요! 정말 놀랍네요, 바이올린과 활처럼 한 커플을 이루고 있네요!"

"네, 말하자면 그렇습니다. 우리는 같은 시기에 수련 과정을 밟았어요."

"어디서요?"

"로렌 지방의 미르쿠르라는 작은 도시입니다."

"미르쿠르! 저도 알아요!" 일본인 바이올리니스트가 소리쳤다.

"아, 그래요? 오래된 역사인데…"

현악기 제작자는 입을 다물고 잠시 생각에 잠겨 있었다. 그런 다음 말을 이었다.

"엘렌은 최초의 징표들부터 저를 당신과 이어주는 비밀스럽고 눈에 보이지 않는 관계에 아주 민감했어요. 예컨대 당신이 루트비히 판 베토벤 국제 콩쿠르에서 우승했을 당시에 『리베라시옹』에 실린 작은 기사를 보여주었어요. 엘렌에게 신호를 보냈던 것은 바이올린 수련 과정에서 당신이 할아버지에게 부여했던 중요한 역할이었어요."

야마자키 부인이 다시 나타났다.

"식탁으로 자리를 옮겨요."

식당은 복도의 다른 쪽에 있었다. 레이는 미도리의 뒤를 따랐고, 그녀는 자기 어머니에게 감동적인 어조로 말했다.

"저분 부인이 활 제작자이시래요. 두 분이 함께 미르쿠르에서 공부했대요!"

"미르쿠르에서! 이런 세상에!" 아야코가 작은 소리로 대답했다.

식당은 부엌을 향해 열린 큰 방이었다. 여섯 명은 족히 앉을 수 있는 커다란 사각 식탁 위에 세 벌의 식기가 놓여 있었다.

"아주 간단하게 차렸어요, 아마도 프랑스에서는 맛볼

기회가 없었을 가정식으로요… 얇게 썬 양배추를 곁들인 돼지고기 튀김이에요…"

"아! 돈까츠네요! 미소시루*하고! 먹어본 지 정말 오래 되었어요…"

"하지만 파리에도 일본 식당들이 있지요…"

"네, 물론이죠. 하지만 가정식 요리하는 곳은 그렇게 많지 않아요. 설령 있다고 해도 날마다 갈 수는 없죠! 아시 다시피 저는 일본을 떠나온 지 한참 되었고 일본 요리는 늘 먹을 수 있는 게 전혀 아니에요! 그러니 이렇게 차려주 신 게 너무 기쁩니다."

"정말이지 이건 별것 아니에요, 미주사와 씨…"

"**이타다키마스****" 레이가 두 손을 모아 가볍게 절하는 몸짓을 하며 말했다.

미도리와 그녀의 어머니도 그에게 화답했다.

"식사하기 전에 기도를 하시나요?"

"아니요. 왜요? 저는 종교가 없어요…"

"왜냐하면 그런 제스처를 하셔서…" 미도리가 두 손을 모으는 시늉을 하며 말했다.

"아, 제가 그랬나요? 이상하네요. 집에서 밥 먹을 때는 한 번도 그러지 않는데…"

"…"

---

* 일본식 된장인 미소(味噌)를 풀어서 끓인 국.
** '잘 먹겠습니다'라는 뜻.

"오, 이거 정말 맛있습니다, 야마자키 부인." 미소 수프를 한 모금 맛본 프랑스인 방문객이 감탄했다.

"고맙습니다. 좋아하신다니 기쁘네요… 정말 하찮은 건데…"

침묵이 감돌았다. 미도리는 현악기 제작자에게 스치듯 시선을 던졌다.

레이는 튀긴 돼지고기 첫 조각을 이제 막 맛본 뒤였다. 그는 오이를 얇게 저며 소금에 절인 츠케모노* 위에 간장 소스인 쇼유를 조금 부었다. 그가 타원형의 오이를 자신의 입에 가져가자 시간은 그 억제할 수 없는 절대적인 흐름 속에서 그를 열 살 때의 미주사와 레이로, 1938년의 어느 가을 아침, 아버지와 다다미방에서 동그란 작은 밥상에 마주 앉아 먹던 아침 식사로 데려갔다. 그는 함께 있던 두 여인을 떠나 멀고 먼 추억의 미로 속으로 빨려 들어갔다. 그 순간 그의 눈앞에 앞치마를 두르고 분주하게 부엌에서 음식을 만들고 있던 아버지가 나타났다. 돌연 그는 입을 열어 야마자키 아야코에게 부탁했다.

"계란 하나 얻을 수 있을까요?"

"계란이요?"

"네, 계란이요. 죄송합니다, 제가 너무 무례하네요."

레이는 몽유병자처럼 말을 이었다.

---

* 일본식 채소절임.

"바로 그날 **나마타마고****를 먹었던 것 같아요… 갑자기 이 따뜻한 쌀밥에 날계란을 깨트려 간장에 비벼 먹고 싶어졌어요… 츠케모노의 맛과 어우러진 이 맛있는 쌀밥이 불현듯 저를 유년의 그 어두운 지대로 데려간 것 같습니다. 그래요, 그날 아침 나마타마고를 아침으로 먹었어요. 아버지가 제 눈앞에서 영영 사라졌던 바로 그 1938년의 일요일 아침에…"

레이는 두 여인은 아랑곳하지 않은 채 혼잣말하듯 중얼거렸다. 미도리는 그 노인의 몸에 누군가 다른 사람이 들어가 있다는 느낌을 받았다. 그녀의 어머니는 놀라워하면서 심지어 조금 걱정스러워하며 흰 계란이 든 작은 사기그릇을 가지고 부엌에서 돌아왔다.

** 날계란.

3

레이는 계란을 깨뜨려 힘차게 저어댔다. 그러고 나서 작은 스푼으로 간장 한 숟가락을 첨가했다. 마지막으로 그 모든 것을 쌀밥 위에 붓고 젓가락으로 휘저었다.

미도리와 그녀의 어머니는 아이가 된 그 노인이 날계란 밥을 먹는 모습을 바라보았다. 그녀들은 참여할 수 없는 세속의 의례가 눈앞에서 벌어진 듯했다.

"엄마한테는 뭔가 떠오르지 않아요?" 미도리가 자기 어머니에게 물었다.

"물론 기억나지."

"정말 고맙습니다." 레이는 꿈에서 막 깨어난 듯 단호한 어조로 말했다.

"날계란 밥을 드신 지 오래되었나 보죠?"

"네, 정말 오랜만이에요… 그날 아버지와 먹었던 그 아침 식사 이래로 처음입니다… 저의 이 무례함을 용서해 주시길 바랍니다… 아주 차갑고 떨리는 손 하나가 등을 떠밀며 저를 끌고 간 느낌이었어요! 그저 따라갈 수밖에 없었습니다…"

"그런 말씀 마세요, 미주사와 씨, 괜찮습니다." 야마자키 아야코가 딸을 바라보며 대답했다.

그러자 미도리가 말을 이었다.

"선생님이 프랑스에서 사는 동안 잃어버렸던 어린 시절의 그 맛을 접했을 때 일어났던 일을 이해할 것 같아요. 그리고 현재의 순간을 잠시 이탈해 버린 선생님의 그 상황이 은연중에 제 할아버지에 대한 생각을 떠올리게 했어요…"

"어떻게요?"

"그 이야기는 어머니에게 듣도록 해요. 왜냐하면 어머니도… 선생님께서 도쿄에 있었던 열 살 때의 자신과 마법처럼 다시 연결되는 걸 보았을 때, 어머니 역시 자신의 아버지를 기억했을 테니까요…"

그리하여 야마자키 아야코는 부친인 쿠로카미 켄고가 극구 열망했던 유럽 여행을 여든아홉 나이에 해냈던 이야기를 시작했다.

"아버지는 홀로 되신 지 4년째였고 당신의 죽음이 멀지 않았다는 걸 분명히 느끼고 계셨어요. 하지만 그것이 당신의 유일한 그리고 마지막일 외국 여행에 대한 계획을 막지는 못했죠. 아버지는 자신의 소망을 저에게 알렸어요.

저는 남편에게 얘기했고 남편은 장인의 계획을 흔쾌히 받아들였어요. 아버지는 날마다 음악 공부를 하던 열두 살 난 손녀에게 그 음악의 발상지를 보여주고 싶었던 것 같아요. 딸과 사위의 지지를 받은 쿠로카미 켄고, 저의 아버지이자 당신의 '검은 신'은 고령에도 불구하고 1987년에 2주일의 유럽 여행을 실행할 용기를 갖게 되었어요. 우리는 집단의 기억 속에서 음악이 탁월한 자리를 차지하고 있던 유럽의 몇몇 도시를 찾아갔어요. 우선 베를린으로, 베를린에서 프라하로, 프라하에서 빈으로, 빈에서 밀라노로 갔어요. 밀라노 다음에는 크레모나 일주를 했는데 우리는 그곳의 바이올린 박물관에 감탄했죠. 이탈리아 현악기 제작의 중심 도시를 본 후에 우리는 파리로 가서 이틀을 더 머문 뒤 도쿄로 돌아갈 예정이었는데, 파리로 가기 전 미르쿠르를 방문했던 거예요. 아버지는 크레모나에 이어 우리가 미르쿠르에 들르기를 간절히 바랐어요. 남편과 저는 크레모나만 알고 있었기에 '현악기 제작이라면 크레모나로 충분하지 않나요?'라고 아버지에게 물었어요. 아버지는 아니라고, 미르쿠르를 반드시 가봐야 한다고 말씀하셨죠.

선생님의 그 날계란이 미도리와 저의 마음속에 있던 추억을 일깨웠어요. 바로 그 미르쿠르에서 있었던 일에 대한 추억을요. 열흘 이상 유럽 음식을 드셨던 아버지는 마침내 식당 음식에 물려버렸고 더는 아무것도 드시지 못했어요. 그렇지만 무언가 드셔야만 했지요. 우리는 그 도시의 유일한 중국 식당을 찾아가서 아버지를 위해 당면 수프를 주문했어요. 그게 그나마 아버지 입맛에 맞을 거라 생각한 거죠. 아버지는 가볍고 단순한 자기 나라 음식 말고는 먹어본 게 없었어요. 당면 수프도 드시지 못했죠. 그러자 아버지는 종업원에게 직접 즉흥적인 프랑스어로 말을 했어요.

— 으음… 쌀밥… 흰 쌀밥… 그리고 으음… 계란 하나… 주세요.

이상한 요구에 놀란 종업원이 아버지에게 물었죠.

— 계란을 어떻게 드릴까요, 손님?

— 그냥 계란이요!… 계란!

바로 그때 장인의 의도를 단번에 짐작한 남편이 끼어들어 그게 그냥 날계란을 원한다는 걸 영어로 설명해 줬어요. 잠시 후 그 친절한 종업원은 밥 한 공기와 흰 계란 하나를 이상한 손님 앞에 가져다주었죠. 놀란 주방장이 요리사 모자를 쓴 채로 노인의 얼굴을 보러 나왔고 요리사의 출현은 식당의 다른 손님들의 이목을 끌었어요. 종업원, 요리사, 손님들, 모든 사람들이 그 일본 노인이 듣도 보도 못한 주문으로 뭘 하려는지 궁금해했어요. 그러자 아버지는 나지막한 소리로 제 남편에게 몇 마디를 했어요. 남편은 좀 난처해하면서 종업원에게 작은 사발을 하나 가져다 달라고 부탁했어요.

종업원은 자리를 떠났다가 곧이어 빈 공기 하나를 들

고 다시 나타나 노인에게 내밀었어요.

— 정말 고마워요!

아버지는 빈 그릇에 계란을 깨트려 넣고 젓가락으로 힘껏 휘저은 다음 간장소스를 계란 위에 조금 뿌리고 다시금 휘저었어요. 그러고 나서 노란색과 밤색으로 뒤섞인 그 계란을 쌀밥 위에 부었죠. 아버지는 잘 알아들을 수 없었던 무슨 말인가를 웅얼거렸어요. 마침내 아버지는 간장소스에 비빈 날계란 밥 한 공기를 몇 분 만에 다 비웠어요. 그렇게 자신의 즉흥 요리를 마친 후에 아버지는 두 손을 모으고 가볍게 몸을 굽혀 절을 했어요. 주방장은 부엌으로 돌아갔고 종업원은 익숙한 서비스 동작을 재개했고 손님들은 자신들이 먹던 것과 주문하려던 것에 다시 집중했죠. 우리 테이블에 음식이 도착했을 때, 미도리가 할아버지에게 물었어요.

— 맛있었어요, 할아버지?

— 그럼, 맛있고 말고, 미도리 쨩.

— 우리가 도쿄를 떠나온 후 처음으로 할아버지가 뭔가 맛있게 드신 거 같아요!

— 음… 그래 네 말이 맞다. 우리가 유럽에 온 이래 난 처음으로 뭔가 즐겁게 먹었구나. 있잖아 미도리야, 나는 늙은이란다. 내 위는 더 이상 네가 다녔던 나라들의 좋은 음식을 받아들이지 못해. 하지만 음식 때문에 좀 고통스럽긴 해도 너와 함께 있다는 게 후회스럽지 않아. 전혀 후회

하지 않지. 그러기는커녕 너랑 유럽을 함께 볼 수 있어서 무척 기쁘단다. 왜냐하면 유럽은 네가 공부하고 있는 그 음악이 태어난 곳이니까… 그리고 크레모나와 이곳 미르 쿠르에서 바이올린들을 봤잖아! 바이올린과 활을 만드는 사람들은 경이로워… 음악이 우리에게 도달하기 위해서 는 음악을 창조해 낸 작곡가들이 필요하지. 그리고 연주자 들, 즉 악기를 다루는 사람들, 이를테면 음악을 실현하는 바이올리니스트들이 필요하지. 하지만 연주자들의 악기, 즉 바이올린과 활을 만들어 내는 사람들 또한 필요하단다. 그 세 분야, 세 그룹의 사람들의 협력이 있어야 해. 그렇지 않으면 음악은 없어. 그러니 경이롭지 않니? 그걸 잊지 말 아라, 미도리 짱… 나는 미르쿠르를 오래 기억할 것 같구 나…

다음 날 아침 우리는 로렌 지방의 그 도시를 떠나 파 리로 왔고 예후디 메뉴인 연주의 베토벤 바이올린 협주곡 콘서트에 갔어요.”

메뉴인이라는 이름에 레이는 전율했다.

그는 두 여자를 바라보았다.

중국 식당의 그 장면을 떠올려 보면서 장 밥티스트와 니콜라 프랑수아 뷔욤의 도시를 손녀에게 보여주려고 지 구 반대편에서 온 그 노인의 마음을 엄습했던 감정을 상 상해 보고자 했다. 그는 마음 깊숙한 곳에서 올라오던 소 리 없이 어두운 힘에 의한 동요를 느꼈다. 왜 ‘검은 신’은 크레모나에 비하면 잘 알려지지도 않고 구석진 도시인 미르쿠르에 갈 결심을 했을까? 그날 그의 아버지가 자신의 바이올린이 미르쿠르 출신의 니콜라 프랑수아 뷔욤이 만든 것이라고 그 사람에게 밝혔었나? 레이는 하나의 질문에서 다른 질문으로, 하나의 추측에서 다른 추측으로, 하나의 가정에서 다른 가정으로 이리저리 옮겨갔다. 이렇게 불확실한 생각들로 악전고투하던 그는 마침내 비탄에 잠겼다. 사람의 마음이란 소란한 고독 속으로 물러나 각자 똬리를 틀고 있어서 침투 불가능한 단자 같다는 사실을 너무나 잘 알고 있기 때문이었다. 그것은 결국 서로 떨어져 있는 세상의 몸들, 서로에게 너무나 고통스럽게 낯선 몸들 같은 것이었다.

4

그들은 식사를 마쳤다. 아야코는 녹차를 준비했고 불규칙한 형태와 투박한 외양의 세 찻잔에 부었다.

"이 잔들은 도호쿠의 외진 구석에 살며 도자기를 굽는 친구가 만든 겁니다. 우리는 그 잔들을 아주 좋아해요."

"굉장히 멋지네요, 몹시 마음에 들어요."

"도자기의 아름다움을 추구하는 일에 전심전력하는 친구죠." 아야코가 말을 이었다. "그는 상업적인 고려에서 완전히 벗어난 도기를 만들어요. 물론 살아가기 위해서 자잘한 것들, 예컨대 찻잔이나 꽃병 같은 것도 만들긴 해요. 그런 것들은 오직 생존하기 위한 만큼만 만들어요. 나머지 시간과 그의 모든 여력은 도예의 완성이라는 끝나지 않을 과정에 바치고 있죠. 그 점에 관해서는 근본적이고 타협이 없는 사람이에요. 이 찻잔들은 선물로 받은 거랍니다."

"당신 친구를 이해할 거 같습니다. 무엇인가를 만들어내는 일에 진실로 성공했다는 감정이 들 때면 그것을 상업적인 거래에 굴복시키고 싶지 않을 겁니다. 저로 말하자면, 대단한 성공을 이루었다는 느낌은 오히려 드물어요. 하지만 그럼에도 한두 번 정도는 그런 느낌이 들었죠… 쿠로카미 씨에 대해 몇 가지 여쭤보고 싶습니다."

"그러세요, 하지만 제가 답변을 드릴 수 있을지 확실치 않네요. 아버지는 말씀이 별로 없으셨고 자신에 대한 언급은 하지 않으셨거든요. 어머니는 '저이는 왜 말이 없지? 말이 없는 사람과 사는 일은 재미없어!'라고 자주 말씀하셨어요. 아버지의 과거에 대해 제가 알고 있는 얼마 안 되는 얘기들은 아버지가 아니라 어머니로부터 들은 거예요."

"아, 그런가요? 그렇다면 좀 어둡고 멜랑콜리한 분이셨나요?"

"맞아요, 완전히 그랬어요. 어머니는 그런 아버지의 과묵하고 내성적인 성격을 불평하셨지만 이런 말씀 또한 하셨어요, '아버지를 이해해야 해. 히로시마에 던져진 그 무시무시한 원자폭탄으로 온 가족이 절멸했으니…'"

"온 가족이라니!"

"그래요, 그의 부모님, 조부모님, 누이 부부와 그 아이들, 그의 동생… 결국 모두 검게 타 죽었어요. 당시에 아버지는 육군 장교였고 도쿄에서 살고 있었어요. 그래서 그 재난을 피했던 거죠. 그 운명적인 날인 8월 6일이 며칠 지난 후에 아버지는 히로시마에 갔어요… 그리고 거기에서 당연히 그 참상을 보았고… 그 일에서 결코 회복되지 못했고… 그것에 대해 한 번도 말하지 않으셨죠…"

"전쟁은 45년 8월에 끝났죠. 그 후에 그는 어떻게 되었
나요? 군대는 끝났을 것이고. 그는 어떤 일을 했나요?"

"아버지는 니켈 제조 회사에서 기술직을 찾아냈어요.
거기서 은퇴할 때까지 머물렀지요. 어머니에 따르면 언젠
가 고전 음악 전문 출판사에 자리를 얻어보려고 시도했었
대요. 하지만 잘 되지 않았어요."

"결혼은 언제 했나요?"

"46년에 했고, 저를 낳은 건 48년이에요."

"쿠로카미 씨는 대단한 음악 애호가였지 않나요? 그분
은 특별히 어떤 음악을 좋아했나요? 선호하는 게 어떤 거
였죠?"

"모차르트와 베토벤을 아주 좋아했어요. 하지만 다른
시기의 것들도 흥미로워하셨죠. 말하자면 아버지는 몬테
베르디로부터 쇼스타코비치에 이르는 음악을 즐겨 들었
어요. 20세기의 작곡가들 중에서는 특히 바르톡과 베르크
를 좋아했고요. 베르크의 바이올린 콘체르토 〈어느 천사
를 기억하며〉와 그의 오페라 〈보체크〉를 매우 경탄하셨답
니다. '언젠가 미도리가 이 콘체르토를 연주하길 바란다'
라고 말씀하시곤 했어요."

"하지만…"

미도리가 자기 어머니의 말을 잘랐다.

"할아버지가 무엇보다도 좋아했던 건 그럼에도 불구

하고 현악 4중주였어요. 특히 모차르트, 베토벤 그리고 슈베르트의 4중주들… 어느 날인가 이런 말씀을 하셨던 게 기억나요. '그 음악들은 내가 극도로 혐오하는 군악과 정반대야.'"

"군대의 음악이요?"

"네, 군인들을 짐승 같은 사람들로 변모시키는 데 사용되던 음악이라고 할아버지가 말했어요. 군대에 있는 한 듣지 않을 수 없었던 군악을 할아버지는 음악의 탈선으로 여겼어요. 군악은 개인의 내적 경험의 장소가 되기는커녕 **개인의 본질을 인간에게서 없애버린다**고 했어요. 이건 할아버지 본인의 말이에요. 할아버지는 군악을 증오했어요. 할아버지는 자신의 내부에 있던 모든 타락한 음악의 흔적을 지우기 위해 음악 속에 잠겨 들어야 했던 것 같아요."

"아마 그분은 군악과 함께 강화되었던 집단적 폭주에 맞서기 위해 음악의 고독 속으로 도피했을 겁니다." 레이가 말했다.

"그래요. 퇴근해서 저녁에 집에 오면 제일 먼저 하는 일이 디스크를 올려놓는 거였어요. 그리고 모차르트가 하이든에게 헌정한 6개의 4중주곡이나 베토벤의 후기 4중주를 듣곤 했어요. 규칙적으로 한 시대를 관통하곤 했고 그러는 동안에 〈로자문데〉와 〈죽음과 소녀〉를 집착하며 들었어요. 바흐도 좋아했어요. 〈바이올린 독주를 위한 소나타와 파르티타〉는 여러 다른 버전들로 지치지도 않고 들었지요."

"현악기들을 정말 좋아했군요…"

"맞아요. 현악기에 대한 열정이 손녀딸을 바이올리니스트로 만들고 싶어 하는 데까지 이어졌던 거죠…"

미도리가 웃으며 말을 받았다.

"선생님 말씀대로 할아버지는 음악으로 피신했어요… 아니 피신이란 말은 좋은 표현이 아닐지도 몰라요."

그녀는 급히 자기 말을 수정하더니 잠시 머뭇거리다 말을 이었다.

"할아버지는 음악과 극도로 강렬한 관계를 맺었어요. 그것은 할아버지의 심리 상태의 균형을 위해 절대적으로 필요한 어떤 것이었죠… 전쟁으로 인해 심리가 매우 불안정해졌거든요. 할아버지는 군 생활에 대해, 군대에서 겪었던 일에 대해 말씀하신 적이 없어요. 딱 한 번만 빼고요. 군악이 과장되게 찬양하던 그 집단 광기에 대해서는 악몽 같은 기억만 간직하고 있었을 거예요…"

미도리는 슬픔 어린 미소를 살그머니 지었고 그 앞에서 레이는 아무 말도 할 수 없었다.

바이올리니스트는 말을 이었다.

"그러니까 한 번, 단 한 번 군대 이야기를 했었는데… 너무 이례적이라 제 기억에 남았어요. 할아버지는 마치 여기 없는 사람한테 말하듯 혹은 혼잣말하듯이 이야기를 했어요. '잔인한 일을 저질렀어… 모든 행위들이, 심지어 가장 야만적이고 가장 비인간적인 행위조차 천황의 이름으로 정당화되었지… 다시는 안 돼, 결단코 다시는… 나는 육군 중위였다는 사실이 부끄러워… 살아남았다는 게 부끄러워…' 갑작스럽고 예기치 않았던 그 고백 후에 할아버지는 깊은 생각에 잠겨버렸어요…"

"전쟁 통에 그리고 전쟁 때문에 온 가족을 잃은 사람의 편에서 보면 그건 완전히 이해 가능한 일입니다."

레이는 저세상 사람의 목소리로 아주 나지막하게, 마치 자기 안에 살고 있던 누군가와 대화하듯 말하기 시작했다.

"쿠로카미 중위는 말하자면 원자 폭탄의 생존자였습니다. 그건 산 죽음 혹은 죽은 삶이었어요… 죽었는데 계속해서 살아야 했던… 혹은 살아 있었지만 죽은 사람처럼 살아갔던 그런 사람… 아우슈비츠의 생존자들처럼… 저 역시 조금은 비슷합니다… 아니, 제가 과장했네요. 제 말이 적절치 않았어요…"

한순간 침묵이 일었다.

"… 하지만 전쟁은 제 가족을 모두 앗아갔어요… 저의 아버지를… 저에게 가족은 오직 아버지뿐이었거든요. 우리는 단둘이었습니다. 아버지는 아주 젊을 때 부모님을 잃었어요. 제가 세 살 때 아내도 잃었고요. 외가의 부모들은 딸의 너무 이른 죽음에 마음을 추스르지 못했어요. 그들은 제가 여덟아홉 살 되던 해에 앞서거니 뒤서거니 암으로

156

돌아가셨어요… 저는 수많은 죽음 한복판에서 성장한 셈이지요…"

무거운 침묵이 내려앉았다. 앞서보다 훨씬 긴 침묵이.

"…"

"아, 내가 왜 이런 말을 했을까… 죄송합니다…"

레이는 찻잔을 들어 다 식어버린 차를 단숨에 마셔버렸다.

"물을 좀 데워 올게요." 야마자키 아야코가 일어서며 말했다.

"쿠로카미 씨가 왜 크레모나에 이어 미르쿠르에 가고 싶어 했는지 아시나요? 그 이유를 말해주었나요? 크레모나의 위대함은 무구한 반면 미르쿠르의 영광은 오늘날에는 좀 위축되었는데… 왜 그러셨을까요?"

"사실 그래요, 그곳은 침체된 도시죠… 조금은 기운이 빠진…" 바이올리니스트의 어머니가 대답했다.

"… 19세기까지는 그 도시가 손꼽히는 번영의 도시였던 것 같아요, 현악기 제작자들이 6백 명까지 있었죠! 나중에야 그 사실을 알았어요…" 미도리가 덧붙였다.

"그렇습니다. 정말 쇠락했죠!" 레이가 답했다.

"제 생각에 할아버지는 그저 프랑스 현악기 제작의 중심지를 저에게 알려주고 싶었던 것 같아요… 그 여행 후 몇 년 뒤에 할아버지가 하셨던 말씀이 기억나요. 크레모나는 스트라디바리우스, 아마티, 과르네리의 도시이니 반드

시 알아야 한다고. 미르쿠르로 말하자면 뷔욤 가문의 중요
성으로 인정받아야 한다고… 할아버지는 자주 말씀하셨
어요. '이탈리아인들만 있는 게 아니다. 프랑스에는 뷔욤
가문이 있거든! 장 밥티스트와 니콜라 프랑수아 말이다!'"

아야코가 따뜻한 물이 가득 찬 찻주전자를 들고 돌아왔다. 그녀가 세 개의 찻잔에 차를 따르기 시작하자 레이가 말문을 열었다.

"쿠로카미 씨가 작고하신 해가…"

"1993년이에요. 우리가 그 기념비적인 유럽 여행에서 돌아온 6년 후에요. 아주 힘든 애도의 시기였어요… 95년에는 심장발작으로 제 남편을 잃었거든요." 아야코가 대답했다.

"… 부친의 노년 말기는 평온했나요?"

"돌아가시기 전 3년간은 아버지의 심신 상태에 적합한 기관에서 지내셨어요. 유럽 여행 후에 급속하게 치매가 왔거든요. 처음에는 집에서 돌봐드렸죠. 하지만 얼마 후부터는 그게 극도로 어려워졌어요. 아버지는 걷는 일도 힘들어하셨죠. 넘어지지 않도록, 엉뚱한 일을 하지 않도록 누군가가 끊임없이 지켜봐야 했어요. 미도리는 공부 때문에 자주 집에 없었고요. 매일 콩세르바투아르에 갔고 레슨이 없을 때도 가야 했어요… 저 역시 시간제로 일을 하고 있었기에 집에 늘 있을 수 없었답니다. 그래서 어쩔 수 없이 요양원이라는 해결책을 찾은 거죠."

"하지만 엄마, 그건 진짜 해결책이었어요! 할아버지는 그곳에서 아주 행복했어요, 그 점에 대해 전 확신해요. 할아버지를 뵈러 자주 그리고 규칙적으로 그곳에 가면 마치 자기 집에 있는 것처럼 생각하셨어요!"

"늘 그렇진 않았어요. 아니, 아버지는 자신이 있는 곳이 어딘지 모르는 것 같았어요… 기억, 시간성 그리고 장소에 대한 지각이 심하게 손상되었거든요… 아버지는 아주 최근의 일들을 망각했어요… 간병인이나 요양원의 다른 환자들 이름을 기억하지 못했죠… 저에게는 히로시마에서 돌아가신 부모님 소식을 묻곤 했어요. 몇 년 전에 사망한 아내가 아직도 집에 돌아오지 않았다며 목이 빠지게 기다리기도 했고요. 서로 다른 여러 시대가 그의 머릿속에서 뒤엉켜 있었던 거예요… 아버지의 논리를 따라가는 일은 힘들었어요… 저는 모든 걸 아버지의 편에서 받아들였죠. 하시는 말에 반박하지 않았어요. 반박하는 게 아무 소용도 없었거든요…"

미도리는 자신이 모르고 있던 할아버지의 삶에 대해 어머니가 들려주는 자세한 이야기를 귀담아들었다. 어머니가 말을 마치자 이번에는 그녀가 말을 이었다.

"때로는 기억과 추론의 혼란이 너무 심해서 대화를 이어나갈 수 없었어요… 엄마도 기억할 거예요… 할아버지는 때때로 거대한 망상에 빠져들곤 했어요. 게다가 말기에 이르러서는 그 빈도가 점점 더 잦아졌죠. 그즈음에는 할아버지가 하는 말을 아무것도 이해하지 못했어요… 그저 네, 네, 네, 라고 대답할 수밖에 없었어요."

"그래요, 어떤 때는 온종일 '난 아무것도 할 수 없었어, 난 아무것도 할 수 없었어…'라는 말을 되풀이하기도 했어요."

"때로는 '나의 소년은 어떻게 되었을까?'라는 말도 했어요. 할아버지에게는 외동딸인 제 엄마밖에 없었는데… 그런 혼란의 순간에 할 수 있는 유일한 일은 함께 음악을 듣는 거였어요. 여러 가지를 시도해 본 후에 마침내 알아낸 사실은, 바흐의 〈바이올린 독주를 위한 소나타와 파르티타〉 그리고 슈베르트의 4중주곡이 할아버지를 진정시킨다는 거였죠…"

"정말 그랬어요, 그건 마법이었죠! 미도리의 충고대로 요양원에 아버지를 보러 갈 때면 그 음악들의 CD를 가져갔어요. 전날 들었던 같은 음악인데도 매번 '아, 얼마나 오래전부터 그걸 듣고 싶어 했는지 몰라!'라고 말했어요."

고개를 숙인 채 젊은 바이올리니스트와 그의 어머니가 회상하는 쿠로카미 중위의 고통스러웠던 마지막 나날들을 듣고 있던 레이는 왕년의 육군 중위이자 히로시마의 생존자이던 그 사람이 요양원 병실에서 자신의 마음을 가라앉히는 희한한 재능을 부여받은 그 현악곡에 귀를 기울이던 그 순간 그의 마음속 깊은 곳에서 일어났을 일들을 상상해 보았다. 그는 눈을 감았다. 마음을 비우려는 수도승처럼 한참을 그렇게 꼼짝하지 않고 가만히 있었다. 미도리는 걱정이 되었다.

"괜찮으세요, 미주사와 씨?"

미도리와 아야코가 서로 마주 보았다.

"괜찮아요? 미주사와 씨?"

"아, 네⋯ 죄송합니다. 잠시 딴생각을 했네요⋯ 그 일요일에 군인들에게 체포되기 전, 아버지와 중국인 친구들은 슈베르트의 〈로자문데〉를 연습하고 있었어요. 제가 편지에 그 얘기를 했었는지 기억이 안 나네요⋯"

"아니, 그 얘긴 없었어요⋯ 어쨌든 그런 자세한 이야기는 하지 않았던 것 같아요⋯"

"저는 그것이 현악 4중주라는 건 알았지만 정확히 어떤 작품인지는 몰랐어요. 저의 프랑스인 양부인 필립이 그게 슈베르트의 〈로자문데〉였다고 가르쳐 주었죠. 바로 그날 필립이 아버지를 만나러 그곳에 왔었거든요. 그런데 음악 연습 때문에 아버지와 필립은 이야기를 나눌 수 없었어요. 그래서 그날 저녁에 만나기로 약속을 했던 거고요. 필립은 곧바로 연습실을 떠났어요. 그렇지만 〈로자문데〉의 맨 첫 부분 연주는 함께 들을 수 있었지요. 아마 1악장

전부를 다 듣지는 못했지만 '알레그로 마 논 트로포'의 꽤 많은 부분을 들었을 거예요… 필립은 그 순간에 대한 생생한 감동을 간직하고 있다고 늘 말했어요. 그들이 연습하던 곡이 〈로자문데〉였다는 걸 그래서 제가 알게 된 거죠."

"정말 훌륭한 곡이죠!" 미도리가 감탄하며 말했다.

"… 군인들이 도착한 다음에 아버지가 혼자 연주했던 또 다른 작품이 있어요… 저는 장롱 속에 있었고… 벌벌 떨고 있었죠… 하지만 그럼에도 불구하고 장롱의 자물쇠 구멍을 통해 몇 번인가 밖을 살펴볼 엄두를 냈어요… 군인들이 어떤 상관을 마주하고 부동자세로 있었어요. 키가 크고 날씬한 그 상관이 분명 당신의 할아버지였을 겁니다… 아버지의 바이올린은 부서진 채 땅바닥에 있었고… 그걸 발로 밟아버렸거든요."

"정말 끔찍하군요! 부친의 바이올린이 군인의 발에 의해 짓이겨졌다는 걸 알고 얼마나 마음이 아팠는지 몰라요… 상상할 수도 없는 일이에요!"

"그래요, 무서운 일이죠… 하지만 인간은 다른 사람을 죽일 수도 있어요… 그러니 한갓 바이올린쯤이야 부숴버릴 수 있다는 게 하나도 놀랍지 않아요. 그럴 수 있지요…"

"당신 부친에게 바이올린은 자기 자신의 일부, 몸의 일부였을 거라 확신해요."

"물론이죠… 네, 물론 그랬어요… 어쨌든 누군가 아버지에게 무언가를 연주하라고 요구했어요… 분명 그건 쿠로카미 씨였어요, 다른 사람이라고는 생각하지 않아요…
그러자 아버지는 소품 하나를, 아주 짧은 곡을 하나 연주
했어요. 아버지의 바이올린은 더 이상 사용할 수 없었으니
분명 중국인 바이올리니스트의 것으로 했을 겁니다… 연
주는 기껏해야 3~4분 정도였어요… 그게 무슨 작품이었
을까요? 저는 알 수 없었어요. 저 말고 누가 그 음악을 들
었을까요? 당신의 부친은 더는 이 세상에 안 계시고, 군인
들은 다시 찾을 수도 없고 분명 이제 이곳에 없을 테고…
세 명의 중국인 음악가들은 그 후 한 번도 다시 볼 수 없었
어요… 요컨대 증인이 없어요. 그러니까 그 소품곡이 무엇
이었는지 전혀 알 수 없었죠… 어느 날 일종의 계시처럼
바흐의 〈바이올린 독주를 위한 파르티타〉 세 번째 곡에서
〈론도 형식의 가보트〉를 듣게 되었던 날까지는요."

레이는 갑자기 말을 멈추었다. 가슴으로 치밀어 오르
는 감동의 물결이 그를 한순간 멈춰 서게 했고 숨을 다시
쉬도록 했다.

"바흐의 음악이 그 모든 시간의 더께를 녹여냈다는 건
놀라운 일이에요!" 미도리가 감탄하며 말했다.

레이는 대답을 대신하여 두 팔을 벌리며 천장 쪽으로
눈을 들었다.

"그게 1972년 혹은 73년, 제가 파리에 정착하고 조금
지난 후였을 겁니다." 레이가 말을 이었다. "현악기 제작자
수련 과정 동안 저는 엄청나게 많은 바이올린 음악을 녹

음으로 들었습니다. 처음에는 78회전 디스크라서 음질이
썩 좋지 않았어요. 하지만 LP 디스크 시대의 도래와 더불
어 가장 위대한 연주가들의 소리에 익숙해지려고 노력했
지요. 어느 날인가 메뉴인이 연주한 바흐의 〈바이올린 독
주를 위한 소나타와 파르티타〉 디스크를 듣게 되었어요.
그리고 〈론도 형식의 가보트〉에 이르자 제 안에서 뭔가 이
상한 일이 일어났어요. 메뉴인이 조탁해 낸 악절을 통해
아버지의 바이올린 소리를 들은 것 같았어요. 30년이라는
시간의 거리가 급작스럽게 무너지면서 마치 아버지가 제
앞에서 연주하고 있는 것 같은… 바로 그날, 아버지가 군
경 헌병대로 끌려가기 직전에 쿠로카미 중위의 요청에 따
라 연주했던 게 〈론도 형식의 가보트〉라는 생각이 들어요."

미도리는 아무런 설명도 없이 즉시 음악실로 갈 것을
레이에게 제안했다.

레이는 두 개의 안락의자 중 하나에 몸을 묻었고 아야
코는 그의 맞은편 소파에 앉았다. 바이올리니스트는 자신
의 바이올린을 얹어 놓은 그랜드피아노 쪽으로 나아갔다.
그녀는 케이스에서 바이올린을 꺼내 잠시 조율한 후 〈론
도 형식의 가보트〉를 연주하기 시작했다. 저물어 가는 오
후의 오렌지빛 햇살이 정원 쪽의 커다란 창문을 통해 음
악실에 비스듬히 들어왔다. 그 햇살은 스트라디바리우스
가 뿜어내는 맑은 음악의 리듬에 맞춰 부드럽게 흔들리는
그녀의 유연한 하체를 비춰주고 있었다.

6

바이올린을 케이스에 정돈한 후 자기 어머니 옆에 앉은 미도리가 레이에게 말했다.

"말씀드렸다시피 할아버지는 바흐의 〈소나타와 파르티타〉를 자주 들었어요. 저 또한 할아버지를 위해, 할아버지의 요청에 따라 그 곡을 여러 차례 연주했고요."

"그의 요청에 따라서요?!"

"네… 할아버지의 요청에 따라서요… 몇 번인지는 정확히 말할 수 없지만 저는 이 보석 같은 작은 음악을 분명 여러 번 할아버지 앞에서 연주했어요… 아마도 이것이 선생님의 내밀한 확신을 강화하는 보완 요소일 거예요…"

"정말 그렇습니다."

"그리고 놀라운 것은 할아버지도 메뉴인의 버전을 특히 좋아했어요."

"아, 그래요? 믿을 수가 없네요… 믿을 수가 없어요…"

레이는 감동에 파묻혀 다시금 꼼짝도 하지 않았다.

7

"편지를 읽어보니 선생님은 처음에 미르쿠르에서 수련을 받으셨더군요. 그런 다음에 크레모나로 갔고 그곳에서 오랫동안, 미르쿠르보다 더 오래 머무셨더군요."

"네, 미르쿠르에는 5년 있었고 크레모나에서 16년을 머물렀어요. 많은 프랑스 현악기 제작자들은 미르쿠르에서 직업 교육을 받아요. 하지만 제 경우에는 크레모나에 교육을 받으러 가야만 했어요. 왜냐하면 현악기 제작이라는 기예에 몸담기 시작한 순간부터 저의 가장 중요한 일, 제 인생의 유일한 관심사는 아버지의 부서진 바이올린의 수리 혹은 복원에 있었기 때문입니다. 그걸 위해서는 현악기 복원에 특별히 능통한 스승 곁에서 필요한 모든 기술을 배워야만 했습니다."

"그렇다면 부친의 바이올린을 복원하셨나요?" 아야코가 물었다.

"네."

"놀라워요!"

"그건 오랜, 아주 오랜 시간이 걸렸어요. 스스로에 대한 확신이 없는 한 그 일에 착수할 수 없었기 때문이죠… 아버지의 바이올린은 극도로 망가져 있었어요. 저의 스승조차도 그런 수고는 들일 만하지 않다고 말했을 정도였죠. 하지만 저는 무슨 일이 있어도 그 악기를 살려내고 싶었어요. 아버지로부터 남아있는 유일한 물건이었으니까요… 그건 정말이지 비참한 상태였어요. 한 야만적인 군인이 있는 힘껏 발로 짓밟아버렸거든요. 바이올린은 산산조각이 났고… 향주까지 부서졌죠."

"세상에!" 바이올리니스트가 소리쳤다. "향주까지 부서지다니! 그러니까 울림판이 깨졌던 건가요?"

"그렇죠. 울림판뿐만 아니라 손잡이, 지판, 측판, 브릿지, 요컨대 거의 모든 것을 다시 만들어야 했어요. 좀 덜하긴 해도 뒤판 역시 망가졌고요. 멀쩡한 것이라고는 스크롤과 줄감개뿐이었어요…"

"그 정도면 더 이상 복원이 아니었네요. 거의 새로운 제작이었겠어요." 미도리가 지적했다.

"어떻게 보면 그렇습니다. 하지만 **살려낼 수 있는 것**은 모두 살려내고 싶었어요… 그래서 저는 천천히, 아주 천천히 진행하려고 했어요. 한 걸음 한 걸음, 한 조각 한 조각, 한 점, 한 점 그렇게요. 악기의 한 부분 수리에 쏟아지는 각각의 몸짓과 각각의 단계가 나무랄 데 없이 완벽하기를 바랐지요. 그것은 아버지의 바이올린을 맨 처음 상태로 다시 데려가 애초의 건강을 되돌려주는 일이었어요. 마치 아버지의 부서진 신체 전부를 근본적인 외과수술로 고치는 일과 같았어요."

가슴을 쥐어짜며 흔들어 대는 무언의 감정에 북받친 레이는 세 번째로 이야기를 멈추었다.

두 여자는 침묵했고 더 이상 다른 질문은 할 수 없었다. 순식간에 평소보다 확실히 거칠어지고 현저히 빨라진 그의 숨소리만 들려왔다. 두 여자는 서로를 바라보았다. 그러고 나서 미도리가 일어나 악보들로 가득 찬 책장으로 갔다. 그녀는 책꽂이 틀로 사용되던 두툼한 책 한 권을 집어 들었다. 그리고 자기 어머니 곁으로 돌아와 앉아 여러 장의 사진으로 꾸며진 한 페이지를 열어 유독 누렇게 색이 바랜 사진 하나를 꺼냈다. 그녀는 펼쳐진 앨범을 레이 앞에 놓았다. 길어진 침묵 속에 잠겨 있던 레이는 발작 초기의 천식 환자처럼 숨을 내쉬었다.

8

　그것은 어둡고 깊은 동굴처럼 열려 있는 침묵이었다. 그 침묵은 생생한 이미지들과 불멸의 추억들이 동요하거나 흔들림도 없이 밀물처럼 흘러 어두운 과거로 이르게 했다. 레이는 현악기 제작자로서 걸어왔던 모든 여정 속에 빠져들었다. 장 밥티스트 뷔욤의 도시에 도착, 스승인 라베르트의 집에 정착. 엘렌과의 만남. 현악기 제작과 복원 분야의 저명한 거장 로렌조 자파티니에게 사사한 크레모나에서의 수련 과정. 결국 그의 인생 작품, 때때로 그가 **필생의 사업**이라고 했던 그 작업은 그의 나이 43세 때, 즉 사건이 일어난 지 32년이 지나서 시작되었다. 바이올린을 그 **향주**가 소멸할 때까지 짓이겨 버린 야만적 행위 안에서 벌어졌던, 부친의 **영혼**을 부숴버렸던 처참한 사건. 지독한 근면함과 강철같은 인내심. 스승 자파티니의 호의. 스승은 기이하게 망가진 데다가 옛날 거장의 진짜 악기라는 가치도 없던 바이올린의 복원에 자신의 제자가 왜 그토록 집착하는지 이유를 알고 있었기에 거의 아버지 같은 관심으로 레이의 작업을 아주 세밀한 부분까지 지켜봐 주었다. 레이는 자신의 작업을 1년 내내 매우 주의 깊게 지켜봐 왔던 스승의 말을 기억했다.

"이제 너는 너 자신의 날개로 날아갈 수 있다… 그렇게 해라. 하지만 충고가 필요하다면 언제든 날 찾아오너라…"

그리하여 레이는 파리로 돌아가 마침내 자신의 공방을 차릴 결심을 했다. 그게 1971년이었다. 매년 여름과 겨울에 한두 번씩 만났고, 크레모나에서 오랜 기간 유배 생활을 하는 동안에는 편지를 주고받으며 끊임없이 관계를 유지해 왔던 엘렌 역시 파리에 정착하여 18구의 라보에티가에 소박한 활 공방을 열었다. 레이는 클리시 광장에서 멀지 않은 곳에 15평방미터의 아주 작은 원룸을 찾아냈다. 그는 방이자 부엌이며 작업실인 그곳에서 작업도 하고 생활도 하며 2년을 살았고 그동안 엘렌은 일주일에 두세 번만 만났다. 수도 파리의 엄청난 소진성 안에서 생존하면서 장인의 삶을 보장받기 위해서는 그만큼 해야 할 일이 많았다. 그는 몇 개의 바이올린과 첼로를 제작했고 몇 개의 수선과 복원 작업을 했다. 그는 고(古)악기와 최신 악기들을 조정하고 보수하는 일에 전념했다. 그래서 이 시기에는 자기 아버지의 바이올린에 할애할 시간이 극히 적었으나 결코 그것을 잊지는 않았다.

레이는 악기를 다루는 음악가들 사이에서 차츰 좋은 명성을 쌓아가는 데 성공했다. 성실하고 정교한 작업, 정직하고 마감 일자를 항상 지키며, 악기와 음악가의 소리를 동시에 경청하던 그는 한결같은 정확성으로 독주자들과 오케스트라의 단원들에서부터 수준 높은 일반 음악 애호가들 그리고 음악 학교의 학생들까지 고객을 넓혀나갔다. 6~7년 만에 그는 15평방미터에서 32평방미터로 그리고 47평방미터로 그러다가 단번에 90평방미터로 작업실을 확장했다. 게다가 하늘의 도움으로, 마드리드 가의 음악학교에서 멀지 않은 나폴리 가에 이상적인 아틀리에 입지를 찾아낼 수 있었다. 그때부터 그는 아버지에게 좀 더 많은 시간을 마련할 수 있었다. 파리에 돌아와 몇 년이 지난 후 마침내 부친의 바이올린을 수선하고 복원하는 작업에 필요한 마음의 평온을 획득하게 되었다.

그렇게 자기 아틀리에의 고독 속에서 아버지의 절단된 악기를 마주하며 보낸 긴 시간이 흘러갔다. 바이올린은 천천히, 아주 천천히 그 본래의 모습과 건강을 회복한 광채를 되찾아 갔다.

9

"이 사진들을 보여주셔서 고맙습니다. 특히 이 사진에서는 제가 그날 역광으로 보았던 그 얼굴, 저에게 바이올린을 건네주었던 그 검은 신의 얼굴을 알아보겠어요."

해가 기울고 있었다. 레이는 손목시계를 들여다보았다.

"벌써 5시네요! 제가 시간을 너무 뺏었군요. 죄송합니다."

"아녜요, 전혀 그렇지 않아요, 미주사와 씨. 당신은 먼 곳에서, 우선은 파리라는 먼 곳에서 오셨고, 더구나 당신이 살았던 일본이라는 그 먼 과거로부터 오셨잖아요. 시간이 흘러가는 것도 몰랐어요. 선생님과 할아버지 이야기를 할 수 있어서 너무 기뻐요… 제가 할아버지에 대해 간직하고 있던 이미지가 더 자세해지고 미묘한 뉘앙스로 풍부해졌어요. 그 점에 대해 선생님께 진심으로 감사드려요."

레이는 가볍게 머리를 숙인 후, 말을 이어가는 데 몇 초간 머뭇거리며 뭐라 형언할 수 없는 주저함을 보였다.

마침내 그는 몸을 굽혀 안락의자 옆에 내려놓았던 바이올린 케이스를 집어 들었다. 그는 케이스를 열고 그 안에 잠들어 있던 악기를 꺼냈다.

"이게 복원한 아버지의 바이올린입니다…"

"세상에! 그걸 가지고 오셨군요!" 아야코가 외쳤다.

"아버지가 갖고 있던 것의 15 내지 20퍼센트만 남아 있지만 당신의 조부님 덕분에 학살에서 살아남았어요. 장 밥티스트 뷔욤의 동생인 니콜라 프랑수아 뷔욤이 제작한 바이올린입니다. 바이올린 내부에서 그의 서명을 발견했죠. 그날 아버지가 쿠로카미 중위에게 이게 그 위대한 뷔욤의 동생이 만든 바이올린이라는 걸 말할 겨를이 있었는지 모르겠어요… 이 바이올린이 어떻게 아버지 손에 들어왔는지도 모르고요…"

"할아버지가 극구 미르쿠르를 방문하고 싶어 했던 건 아마도 당신 부친의 바이올린에 대한 추억을 간직하고 있었기 때문이 아니었을까요? 분명 할아버지는 미주사와 씨로부터 그것이 니콜라 프랑수아와 관련이 있다는 얘기를 들어서 알았을 거예요…"

"그래 네 말이 맞아, 미도리." 그녀의 어머니가 수긍했다. "그게 아버지가 미르쿠르 방문을 한사코 고집했던 이유에 대한 설명이 되겠구나…"

"근데 정말 아름다운 바이올린이네요!"

"울림판, 측판… 결국 수많은 것들을 다시 만들었어요.

174

니스칠도 다시 했고요… 그래서 바이올린의 외양이 특이하게 바뀌었어요. 당신의 조부님은 이걸 알아보지 못하실 거예요. 안쪽에 니콜라 프랑수아 뷔욤의 이름 옆에다 좀 더 작은 글씨로 제 이름을 들어 앉혔어요."

"제가 한번 켜 봐도 돼요?"

"아, 물론이죠, 저에게 큰 영광이 될 겁니다…"

야마자키 미도리는 어두운 붉은 색으로 빛나는 바이올린을 집어 들었다. 피로 얼룩진 과거에서 되살아난, 한 번 살해당했으나 자기 할아버지 쿠로카미 켄고, 즉 검은 신에 의해 우선 구조되었고, 그다음엔 1938년 가을 어느 일요일에 영원히 사라져 버린 바이올린 주인의 아들, 현악기 제작자가 된 그 아들에 의해 기적적으로 부활한 바이올린이었다. 잠시 조율을 한 뒤 연주를 시작할 준비가 되었을 때 미도리에게 불현듯 어떤 생각이 떠올랐다. 그녀는 레이에게 되돌아가 케이스 안에 있던 활을 가리키며 그에게 물었다.

"이 활을 사용하는 게 더 낫지 않을까요?"

"꼭 그럴 필요는 없는데… 이건 제 동반자, 음… 아내 엘렌이 만든 겁니다. 특별히 아버지의 복원된 바이올린을 생각하며 이 활을 만들려고 노력했어요."

"그렇다면 선생님 부인의 활로 연주할게요."

미도리는 자신의 활을 내려놓고 엘렌의 활을 집어 들었다. 그녀는 두 시간 전에 〈론도 형식의 가보트〉를 연주했던 바로 그곳에 자리를 잡고 다시금 바흐의 작품을 연주했다. 낮게 요동치는 하늘에 쏟아진 일련의 맑은 물방울들이 울창한 북쪽 숲의 푸르른 이파리들을 비스듬히 비추는 첫 햇살 아래 반짝이듯이 고음들이 울려퍼졌다. 한편 중간음들과 저음들은 솜에 싸인 듯 부드러운 표면 위로 미끄러지며 밤새도록 불을 밝혀 놓은 대리석 벽난로에서 뿜어내는 내밀한 온기의 느낌을 불러일으켰다. 게다가 거기에는 음색의 놀라운 균질성이 있었다. 음악은 행복한 느낌을 자아내며 자유롭게 앞서가다 되돌아오고 올라갔다 내려오곤 했다. 그것은 매혹적인 풍경 속을 걸어가는 행복감을 표현하는 듯한 즐겁고 경쾌한 춤을 연상하게 했다.

10

"소리가 아주 경이롭게 울려요. 굉장한 작업을 해내셨네요, 미주사와 씨! 모든 음역대에서, 모든 현들에서 상당히 동질적인 소리를 내고 있어요… 정말 감동적이에요! 정말이지 연주하고 싶은 마음이 들게 하는 악기예요…"

"그런가요? 정말 그렇습니까?"

"예, 진심이에요, 정말 뛰어난 악기인 것 같아요… 이런 만남을 갖는 건 흔한 일이 아니에요."

미도리는 사각 테이블 위에 놓여 있던 케이스 안에 바이올린과 활을 조심스럽게 정돈해 넣었다. 소파와 안락의자들 사이에 있던 테이블 위로 저물어 가는 마지막 햇살이 쏟아졌다.

"그러면 당신에게 이 바이올린을 맡기겠습니다. 당신에게 두고 갈게요. 바이올린이 만개하고 성장하도록 도와준다면 제가 기쁠 것 같습니다… 1982년에 복원 작업을 완수한 이래로 여러 바이올리니스트들에게 악기를 보여줄 기회가 있었습니다. 몇몇 사람들은 그걸 사고 싶어 했지만 언제나 이건 파는 게 아니라고 말했어요…"

"당연히 그랬을 거예요, 미주사와 씨. 전문 바이올리니스트라면 누구라도 이 악기로 연주하고 싶었을 거예요…"

"이건 당신 조부님이 구해낸 겁니다. 조부님은 당신이 바이올린을 연주하길 바라셨고요. 당신은 국제적인 명성의 바이올리니스트가 되었어요. 이 바이올린이 당신과 한 몸이 되어 당신이 원하는 음악을 탄생시킬 수 있다고 생각한다면, 이걸 당신에게 맡기는 건 당연한 일입니다. 아버지의 바이올린은 나와 함께 있는 것보다 당신과 함께하는 게 더 행복할 거예요. 악기는 소리를 내야 하니까요…"

"아, 미주사와 씨…"

생각지도 못한 갑작스러운 선물에 진심으로 놀라고 감동을 받은 젊은 바이올리니스트는 말을 잇지 못했다. 그녀는 자기 못지않게 어리둥절해 있던 어머니를 돌아보았다… 잠시 침묵 후에 미도리가 터져 나오려는 눈물을 억제하며 말했다.

"고맙습니다, 미주사와 씨. 뭐라고 말해야 할지 모르겠어요… 이건 놀라운 선물이에요… 정말이지 생각지도 못했어요…"

그녀는 감동의 파고가 물러날 때까지 잠시 말을 멈춰야만 했다.

"어쨌거나 선생님의 신뢰에 감사드립니다. 어떻게 고

마음을 표현해야 할지 모르겠어요. 당신의 바이올린, 당신 부친의 바이올린을 잘 돌볼게요. 그리고 이따금 바이올린의 소식을 전해드리겠습니다."

그렇게 해서 니콜라 프랑수아 뷔욤이 제작한 미주사와 유의 바이올린은 그것을 산산조각 냈던 야만적인 폭력 행위가 벌어진 지 65년 후에, 저명한 현악기 제작자가 된 그의 아들 미주사와 레이 혹은 자크 마이야르에 의해 부활하여, 그 바이올린을 그에게, 즉 그날 오후 은신처였던 장롱의 비좁은 어둠 속에서 몸을 웅크리고 숨어 있던 그 소년에게 맡겼던 사람의 집으로 되돌아왔다.

그의 바이올린, 니콜라 프랑수아 뷔욤의 바이올린이자 부친의 되살아난 바이올린은 이제 검은 신의 손녀인 야마자키 미도리에게 맡겨졌고 한없이 긴 세월 동안 미주사와 레이가 지고 있던 무거운 짐은 이제 한결 가벼워졌다. 그가 어디에나 끌고 다녔던 족쇄가 마침내 끊어진 것이다.

다음 날 아침 눈을 뜨자마자 그는 도쿄 시내를 탐색할 기분이 되었다, 파리로 다시 돌아가기 전 그에게는 하루 온종일의 자유 시간이 있었다. 그의 발걸음은 자연스럽게 65년도 더 된, 예전에 그가 살았던 동네인 시부야로 향했다. 도쿄는 반세기 동안 변모해 있었다. 레이는 자신이 아무것도 되찾을 수 없을 것이고 당장은 아무것도 알아볼 수 없을 거라는 걸 진작부터 알았다. 그래서 우선 시부야 시청을 찾아가 확실한 몇몇 지표를 손에 넣기로 했다.

문서 보관소를 찾은 방문객은 오십 대의 그곳 직원에게 1938년에 존재했던 시립문화센터 부지를 찾아보고 싶

다고 말했다. 담당자는 옛날 지도들이 실려 있는 두툼한
책을 찾으러 갔다. 직원은 그 시기에 해당하는 페이지들을
펼쳐 그 시립문화센터가 위치했던 장소를 어렵지 않게 찾
아냈다.

"아시겠지만 그게 많이 달라졌어요. 1945년에 도시가
완전히 허물어졌거든요."

"네, 알고 있어요. 3월 10일의 공중 폭격으로 십만 명
이상의 사상자와 백만 이재민이 발생했지요. 파리 떼처럼
하늘을 가득 메운 3백 대의 B29 폭격기가 두 시간 만에 38
만 개의 소이탄을 투하했던 듯하니…"

"네, 정말 끔찍한 일이었을 겁니다… 갑자기 나타난 그
지옥은 몇 초 만에 그만큼의 인명을 앗아간 히로시마의
원자폭탄과 거의 비견할 만했어요, 결과는 같았어요. 물론
방사능을 제외한다면… 3월 10일의 폭격은 동부의 서민
동네를 겨냥했던 겁니다. 이곳 시부야에서는 차라리 5월
의 기습 공격이 더 무시무시했어요…"

"전후의 재건이 동네들을 알아볼 수 없게 만들었겠네
요."

"완전 그렇죠."

고개를 들지 않은 채 노인에게 대답하던 오십 대의 직
원은 오늘날의 지도와 1935~1940년대의 지도 사이를 오
갔다. 그는 또한 1945년 도쿄에 연달아 투하된 폭탄들로
불타버린 지역들을 보여주는 지도에도 잠시 멈추었다.

"오늘날의 지도 위에 그 시립문화원의 위치를 표시해 보려고 했어요. 이것을 가지고 가 보시면 됩니다. 찾아가 보세요. 어쩌면 살아남아 있는 몇몇 작은 길들이 있을 겁니다."

"고맙습니다. 정말 친절하십니다."

"천만에요. 선생님은 연구를 하시나요?"

"아니요, 나는 1938년에 거기에 살았습니다. 60년 이상을 외국에서 살다가 유년 시절의 동네를 다시 보려고 왔어요."

"아, 그러시군요!"

"부모님이 사시던 곳에 너무 가보고 싶었어요. 내 기억이 정확하다면, 그 동네 주소에 신센이라는 단어가 있었어요. 그게 신의 분수라는 뜻이라던데, 맞나요?"

"… 네… 희한하네요, 저는 신센의 의미에 대해 더는 생각해 보지 않았거든요."

그는 1945년에 불타버린 지역들의 지도를 다시 들여다보았다. 잠깐 침묵한 후 시립 고문서 담당 직원은 말을 이었다.

"신센 동네는 여기서 그리 멀지 않아요. 원하신다면 제가 드린 그 지도에 표시를 해드리죠."

"아, 그래 주시면 정말 고맙겠네요."

"자, 됐습니다. 운만 조금 따라준다면 선생님이 알고 있던 곳의 몇몇 흔적들을 되찾을 수 있을 겁니다. 제가 알기로, 신센 역의 남쪽 지대인 이곳 전부는 파괴를 모면했어요. 그러니 신의 분수 주변을 잘 돌아보시기 바랍니다!"

"정말 고맙습니다!"

30분을 걸은 끝에 레이는 지역의 작은 공공 도서관이 들어선 건물 앞에 도착했다. 거기가 바로 당시에 문화의 집으로 통칭되던 건물이 있던 곳이었다. 지금 그의 시선에 나타난 것은 그에게 아무것도 기억나게 하지 않았다. 그는 다시 걷기 시작했다. 작은 네거리에 이르자 돌담 너머로 마디가 많은 검은 잔가지들이 달린 장엄한 벚나무 한 그루가 보였다. 그가 작은 골목으로 접어들자 가게들이 드물어지고 도시의 소음이 그의 등 저편으로 멀어져 갔다. 그리고 거기에 예상을 완전히 뒤엎고 하나의 공간이 불쑥 레이 앞에 열렸다.

그의 다리와 발걸음이 그를 이끌었다. 그의 내부에서 어떤 감각이 끓어올랐다. 그는, 바로 그날 도중에 신비하게 나타난 시바견과 함께 집으로 향해 가면서 체험하고 새겨놓았던 신체의 움직임과 리듬을 되찾았다.

그는 완전히 새로 지어진 정자 앞에 멈춰 섰다. 목재로 지어진 듯한 그 정자는 안쪽 면을 연갈색의 벽돌 모양으로 위장하고 있었다. 그는 그 주변을 모두 돌아보았다. 눈에 보이는 그 무엇도 그의 유년 시절을 떠올리게 하지 않았다. 그렇지만 자신의 것이었던 그 공간에 대한 특별한 지각은 아마도 그게 이곳이라는 것을 그에게 말해주고 있었다. 그리고 열한 살 어린 소년으로 앉아 있는 자신의 모습이 보였다. 차츰 밤이 내려앉고 있었다. 가로등 불빛은 그의 왼편에서 내려왔다. 동물의 온기가 그의 배 위에 퍼져나가는 게 느껴졌다. 그는 잠 속으로 가라앉고 있었다…

12

그날 밤,

모모가 그를 보러 호텔 방 잠자리까지 찾아왔다.

알레그로 모데라토

1

레이가 문을 두드렸다.

"들어오세요." 곧이어 지치고 연약한 여자 목소리가
일본어로 말했다.

그것은 병원의 정원을 향하고 있는 개인 병실이었다.
흰 블라우스의 간호사가 청진기를 귀에 대고, 두드러지게
올려 세워진 침상에 누워 있는, 꽤 고령인 어느 부인의 혈
압을 재고 있었다. 간호사는 레이 쪽을 돌아보더니 손을
들어 올리며 기다리라는 신호를 했다. 그러는 동안 노부인
이 레이에게 소리 없는 미소를 보냈다.

간호사는 청진기를 목에 걸고 종이에 환자의 체온과
혈압을 기록하더니 레이가 하나도 이해할 수 없는 말을
했다. 그러자 노령의 환자가 레이에게 나지막하게 말했다.

"의자를 가져와 내 옆에 앉아도 된다고 했어요."

노부인의 유창한 일본어 발음과 조화롭고 매우 리드미
컬한 문장은 그 방문객이 중학생이었을 때 일본어를 그토

록 자연스럽게, 그토록 유려하게 실어내며 발음하던 수정
같은 그 목소리를 들었을 때 느꼈던 전율을 떠오르게 했
다. 이제 그 목소리는 좀 더 묵직하고 약간 쉰 듯했지만 언
어의 소리들을 하나하나 아름답게 빚어내던 매끄러운 유
동성은 그대로 보존하고 있었다.

"시에시에(감사합니다)."

레이는 자신이 할 수 있는 유일한 중국어로 말했다.

그는 침대 옆에 앉아 노환자의 축 처진 오른손을 잡았
다. 감정에 동요된 환자는 주체할 수 없이 솟구쳐 흐르는
눈물을 막을 수 없었다. 초여름 오후의 햇살이 온통 하얀
시트 위로 환한 빛을 던져 놓았다. 반세기도 더 된 그 옛날
도쿄에서 스치듯 잠시 만났던 두 사람이 상해의 한 병실
에서 대화를 나누고 있었다.

2

2004년 어느 봄날, 레이는 린 양펜의 부탁으로 편지를 쓴다고 자기소개를 한 젊은 중국인으로부터 이메일을 하나 받았다. 메시지는 일본어로 되어 있었다. 저자는 자신이 대고모를 대신하여 편지를 쓰고 있다며, 그녀가 레이와 연락하기를 바라고 있으며, 1937~1938년에 도쿄에서 그녀가 알고 지냈던 미주사와 유의 아들이 레이인지 알고 싶어한다고 했다.

린 양펜은 부식된 간이 암으로 진전하여 입원 중이었다. 그녀는 살날이 얼마 남지 않은 걸 의식하고, 1938년 어느 일요일 오후, 다른 두 명의 중국인들과 4중주단을 결성하여 연습하고 있던 그때 군경에 체포된 미주사와 유의 아들의 흔적을 찾고 싶어 한다는 뜻을 종손[조카의 아들]에게 밝혔다. 대고모를 기쁘게 해주고 싶었던 종손은 인터넷으로 미주사와 레이를 찾기 시작했다. 그는 그 이름으로 여러 명을 찾아냈고 그들 각각의 행적을 추려보았다. 종손은 자신의 추적 결과를 대고모에게 보여줬다. 린 양펜이 현악기 장인 미주사와 레이의 개인 사이트에 표시된 '고아', '프랑스인 양부', '프랑스와 이탈리아에서 현악기 제작자 과정 수련' 등의 몇몇 단정적 지표들을 접했을 때, 그녀는 자신이 연락하고 싶었던 사람이 바로 그 사람일 거라고 생각했다. 그리하여 종손에게 일본어로 된 짧은 편지를 받아쓰게 하여 이메일로 레이에게 전달되도록 했다.

보낸 이 : 유 지안
받는 이 : 미주사와 레이 / 자크 마이야르
제목 : 린 양펜의 부탁으로
날짜 : 2004년 4월 29일

안녕하세요. 제 이름은 유 지안입니다. 저는 선생님께서 분명히 기억하고 계실 제 대고모님 린 양펜을 대신하여 편지를 쓰게 되었습니다. 대고모님이 상해의 병상에서 선생님께 보내는 편지를 아래 동봉합니다.

나는 1934년에서 1938년 사이에 농학 공부를 하는 대학생으로 도쿄에 있었습니다. 나는 당신의 부친 미주사와 유를 알게 되었고 그분은 나와 다른 두 명의 중국인 친구들에게 현악 4중주단을 결성하여 함께 음악을 하자고 제안했습니다. 나는 그 일에 대한 잊을 수 없는 기억을 간직하고 있습니다. 1938

년의 어느 일요일 오후 우리는 시부야 문화의 집의 어느 실내에서 슈베르트의 4중주를 연습하고 있었습니다. 그때 한 무리의 군인들이 들이닥쳐 우리를 중단시켰습니다. 군홧발 소리가 다가오자 위험을 감지한 부친은 제때에 당신을 장롱 속에 숨게 했습니다. 그날, 우리가 연습하는 동안 당신은 어떤 책을 열심히 읽고 있었는데, 책의 제목은 기억나지 않습니다. 당신이 미주사와 유의 아드님이라면 그걸 기억하고 있을 겁니다. 위에 적은 글이 당신에게 무언가를 떠오르게 한다면, 당신의 답장에 나는 매우 기쁠 것 같습니다.

나는 도쿄에 있었습니다... 기쁜 마음으로 소식을 기다리며.

린 양펜.

레이는 즉시 그 중국 여인의 메시지에 답변했다. 자신이 바로 아버지가 일원이었던 4중주단이 연습하던 동안 독서에 빠져 있던 그 소년이며 그 책의 제목은 『그대들, 어떻게 살 것인가』였음을 확인해 주었다. 3일 후 린 양펜의 두 번째 편지가 이메일로 도착했다.

보낸 이 : 유 지안

받는 이 : 미주사와 레이 / 자크 마이야르

제목 : 너무 기쁩니다...

날짜 : 2004년 5월 2일

친애하는 레이,

우리가 이제 소통할 수 있다는 걸 알고 내가 얼마나 기뻐하고 있는지 당신은 상상도 못 할 겁니다! 인터넷을 축복합니다!

나는 현재 아흔두 살이고 상해의 한 병원에서 생의 마지막 나날을 보내고 있어요. 사실 나는 환자예요. 살아갈 날이 아마 얼마 남지 않았을 겁니다...

나는 종손의 도움으로 편지를 쓰고 있어요, 그 애는 대학에서 일본어를 공부한 데다 정보 기술에 능통해요. 내가 이렇게 편지를 보내는 이유는 당신 부친으로부터 비롯한 두 가지의 기억을 되돌려 주고자 당신을 만나고 싶어서입니다. 환자라서 내가 당신을 만나러 갈 수는 없을 겁니다. 혹시 상해에 나를 보러 올 생각이 있을까요? 만일 그렇게 할 수 없다면 두 가지 물건을 우편으로 보내드릴게요.

당신의 답장을 간절히 기다리며,

린 양펜

레이는 서둘러 비행기 표와 상해의 호텔 방을 예약했다. 그런 다음 양펜에게 답장하여 자신이 일주일 후에 중국에 가게 되었다는 걸 알려주었다.

3

레이는 노년의 중국인 부인에게 그 일요일에 아버지
와 그의 음악 친구들이 사라진 후 밤이 될 때까지 그가 겪
었던 일을 들려주었다. 망가진 바이올린을 조심스럽게 그
에게 돌려주었던 쿠로카미 중위 이야기, 집으로 돌아오는
길에 우연히 만난 시바견, 아버지의 프랑스인 친구 필립이
도착하여 집 앞에서 자신의 가슴과 접은 다리 사이에 몸
을 파묻던 동물의 온기로 보호를 받으며 잠들어 있는 그
를 발견한 일…

평평한 상태로 되돌려진 침상 위의 양펜은 그 프랑스
인 기자가 레이를 도와준 사람이냐고 물었다.

"네, 그날 저는 열쇠가 없어서 집에 들어갈 수 없었어
요. 저는 필립이 떠난 후에 일어났던 일을 그에게 얘기해
주었지요. 우리는 한동안 어둠 속에서 기다렸고, 필립은
돌아올 가능성이 희박한 아버지를 기다리는 대신 저를 자
기 집에 데려가야겠다고 판단했어요. 필립은 얼마 동안 저

를 자기 집에서 보호했어요. 그는 아버지가 어떻게 되었는지 알아보기 위해 할 수 있는 모든 일을 다 해봤을 겁니다."

"그러니까 부친이 군경에 연행되었다는 이야기를 그분이 해주었나요?"

"네… 하지만 그는 자신이 알 수 있었던 것 중에서 극히 일부만을 얘기한 것 같아요."

"당연해요, 당신은 너무 어렸으니까… 그때 몇 살이었죠?"

"열한 살이요."

"그는 너무 큰 정신적 충격으로부터 당신을 보호하고 싶었던 거예요…"

"아버지가 결코 돌아오지 못할 거라는 걸 알았을 때 그는 제가 의지가지없는 고아가 되었다는 걸 알고 저를 입양하기로 결심했어요. 일본을 제어 불가능한 괴물로 변하게 한 전쟁 상황에서 필립과 그의 아내는 그 비극적인 일요일이 지난 몇 주일 후에 프랑스로 돌아가기로 했고요."

"그가 잘한 거예요… 아, 유가 그걸 알았더라면…"

"그래요, 아버지는 제 운명에 대한 걱정으로 죽을 것 같았을 거예요…"

자리에 누운 노부인은 하얀 면 손수건으로 두 뺨에 흐르는 눈물을 닦았다. 프랑스인 방문객은 잠시 기다렸다가 이야기를 이어나갔다.

"아무튼 그렇게 해서 저는 필립과 이자벨 마이야르 부부의 입양아로 프랑스에서 성장했어요."

레이는 프랑스에서의 유년 시절에 대한 몇몇 기억들을 부인에게 들려주었다.

양펜은 가끔씩 고개를 주억거리며 이야기에 귀를 기울였고 레이는 노부인의 두 손을 제 손안에 간직하고 있었다. 노부인은 숨이 막힐까 두려운 듯 이따금 거칠게 숨을 내쉬었다.

레이는 입을 다물었다.

길고 깊은 침묵이 먼 곳에서 온 노인과 더 늙고 병든 노부인을 강렬한 교감 상태로 휘감았고 그 안에서 두 사람은 서로의 인생길에서 뜻밖의 마주침으로 감동과 강한 충격을 받았다.

"그리고 당신은 현악기 제작자가 되었군요…"

"네. 잠깐의 암중모색 후에 곧 현악기 제작자의 길로 접어들었어요. 아버지의 바이올린을 복원하고 싶었거든요. 저는 시체처럼 분해된 반(半)죽음 상태의 바이올린을 항상 간직하고 있었어요. 처음에는 미르쿠르에서 공부했고 그다음에는 크레모나에서… 현악기 만드는 일이 제 유일한 열정이 되었어요…"

린 양펜은 두 눈을 감고 왼손으로 자신의 얼굴을 감추었다.

누군가 병실 문을 두드렸다. 오십 대의 의사가 간호사

(환자의 혈압을 재던 조금 전의 간호사는 아니었다)와 함께 들어왔다. 의사는 몸을 살짝 굽혀 레이에게 인사를 하면서 양펜에게 다가가 그녀의 왼손을 잡고 맥박을 쟀다. 그는 쩌렁쩌렁 울리는 목소리로 환자에게 명랑하게 말을 걸었다. 반면에 환자는 겨우 알아들을 수 있는 희미한 목소리로 대답했다. 레이는 그들이 주고받는 말을 하나도 이해하지 못했다. 하지만 의사의 온후한 태도에서 시한부 환자를 대하는 강력한 동반 의지와 매우 섬세한 관심이 느껴졌다. 의사는 두툼한 두 손으로 양펜의 손을 잡았고 문병객에게 고개를 끄덕여 인사한 뒤 병실을 나가기 전에 간호사에게 몇 가지 지시를 했고, 간호사는 목에 걸고 있던 서류철 종이 위에 속기사처럼 빠르게 받아 적었다. 레이는 낮은 소리로 간호사에게 영어로 말을 걸었다.

"저… 제가 여기 있어도 될까요? 환자를 방해하지는 않을게요."

"예, 계셔도 돼요. 외려 당신이 여기 있으면서 환자에게 말을 걸어주는 게 좋아요. 그게 우리 생각이에요. 환자분이 자기 얘기를 좀 들려줬어요. 선생님 이야기도요…" 흰 블라우스를 입은 간호사는 상냥한 미소를 지으며 꽤 자연스러운 프랑스어로 소곤거렸다.

프랑스 방문객은 간호사의 갑작스러운 프랑스어에 깜짝 놀랐다.

"프랑스어를 아주 잘하시네요!"

"대학에서 프랑스어를 공부했어요. 그리고 1년간 툴루즈에서 인턴 기간을 밟았고요. 그건 정말 멋진 기억으로 간직하고 있어요…"

"훌륭하십니다!"

"혹시 조그마한 문제라도 있으면 진료실로 절 찾아오세요."

레이가 '고맙다'는 말 한마디를 채 마치기도 전에 간호사는 복도로 사라졌다. 그는 고개를 돌렸다. 양펜은 잠이 든 것 같았다. 레이는 발꿈치를 들고 살그머니 병실을 빠져나왔고 30분 후에 다시 돌아오기로 했다.

4

레이가 조심스레 병실 문을 열었을 때 양펜은 여전히 잠들어 있었다. 현악기 제작자는 소리를 내지 않고 침대 곁의 의자에 앉아, 누워 있는 노부인을 바라보았다. 주름이 파인 얼굴, 반쯤 열린 입, 창백하고 푹 꺼진 두 뺨을 주의 깊게 살펴보았다. 그는 그 일요일 아침, 빛나는 아름다움과 날씬하고 호리호리한 몸매의 그녀 모습을 보고 동요되었던 감정을 떠올렸다. 그가 내장 깊숙한 곳에서 올라오는 막연한 힘에 의해 마음이 뒤집히는 느낌이 들었던 건 그때가 처음이었다는 생각이 들었다.

"아유, 미안해요, 내가 잠이 들었네…"

"미안해하지 마세요, 그렇게 평온하게 주무시는 걸 보니 제 마음이 좋습니다…"

양펜은 침대맡 탁자에 놓인 자명종을 들여다보았다.

"오래 잔 건 아니었네요…"

"네, 기껏해야 30분이에요."

"낮잠을 자지 말아야 해요… 정상적인 수면을 방해하거든요. 하지만 어쨌거나 아주 오랜만에 푹 잤어요…"

"아, 그래요?"

"레이, 당신이 부친과 완전히 헤어지고 난 후 무슨 일이 있었는지 당신에게 이야기해 주어야 해요."

"그러세요, 그게 부인을 너무 피곤하게 하지만 않는다면요…"

"아네요, 그건 피곤한 일이 아니에요, 오히려 당신과 이야기를 할 수 있어서 기쁘답니다. 고맙게도 여기까지 찾아와 주었잖아요. 나는 당신이 모르고 있을 이야기를 들려줘야 해요, 무엇보다도 옷장 안의 내 가방에 있는 것을 당신에게 돌려줘야 해요."

양펜은 미주사와 유의 아들에게 가방을 꺼내 열어보라고 했다.

"그 안에 책 한 권과 카디건이 있어요."

"책과 카디건이요?"

"그래요. 근데 먼저 당신이 그날 장롱에 숨어서 보았던 그 장면 뒤에 우리에게 닥친 일들을 이야기하고 싶어요."

"아버지가 바흐의 곡을 연주한 후에…"

"그래요, 그가 멋지게 연주한 게 〈론도 형식의 가보트〉였지요. 모두들 벅찬 감동으로 놀라워했고… 부친에게 뭔가 연주해 볼 것을 부탁했던 그 군인도 그랬을 거예요…"

"그러니까 그게 분명 〈론도 형식의 가보트〉였군요…"

"네, 맞아요, 마치 어제 일처럼 기억이 나요…"

양펜은 허공을 바라보았다. 레이는 말없이 자신의 오른손을 환자의 손 위에 올려놓았다. 온통 주름진 그녀의 손은 바람이 데려가는 걸 잊어버려 홀로 남은 낙엽처럼 이불 위에 놓여 있었다. 손이 차가웠다.

"군인들은 우리를 유치장으로 데려갔어요. 24시간이 지나자 두 중국인 친구인 강과 쳉은 풀려났어요. 분명 장학생이던 그들 신분 덕분이었을 거예요. 하지만 당신 부친과 나는 그렇지 못했지요. 아마 당신은 모르고 있을 한 가지 사실이 있어요. 군인들이 나를 당신 부친의 아내로 생각하고 있었다는 거예요."

"그래요? 아니 어떻게?"

"그들이 우리들 각자의 신원 확인을 했을 때 당신 부친이 본능적으로 나를 자기 아내라고 말했고 내 이름을 아이코라고 했죠. 분명 나를 보호하려고 그랬을 거예요."

"그건 정말로 제가 모르던 얘기네요."

"당시에는 중국인들을 의심스러운, 심지어 경멸하는 시선으로 봤거든요."

"그건 여전할 거라는 생각이 드네요. 그런데 그 두 중국인 친구들은 어떻게 되었나요? 관계가 이어지고 있나요?"

"아니요, 연락이 끊겼어요. 마침내 군인들이 날 풀어주었을 때 나는 비올라를 찾으려고 즉시 문화센터의 창고로 갔어요. 가 보니 그들의 악기가 거기 없더군요. 게다가 유의 부서진 바이올린도 없었고요. 나는 조금 겁이 났지만 용기를 내어 장롱을 열어보았어요. 아시다시피 당신은 그곳에 당연히 없었고, 나는 안심하면서도 동시에 걱정이 되었죠… '아이가 어디 있는 거지? 그 애는 어찌 된 걸까?' 하고 말이에요."

린 양펜은 두 눈을 들었고, 하늘의 결정에 저항하며 침묵시위라도 하듯이 한숨을 내쉬었다.

"첼로 주자인 쳉은 일본인 아내와 살기 위해 일본에 머물렀을 가능성이 있어요. 제2바이올리니스트인 강의 소식은 전혀 알 수 없었고요."

"그럼에도 얼마간의 시간 후에 당신은 풀려났군요?"

"그래요. 유치장에서 이틀 밤낮을 보냈어요. 나를 좀 더 오래 붙잡아 두었던 건 아마도 내가 '아내' 역할을 고집했기 때문이었을 거예요…"

"철저한 조사를 받으셨군요."

"두 번의 압박 심문을 받았어요. 하지만 48시간 만에 풀려났어요."

"저의 부친과 함께 있었나요, 같은 방에?"

"아니요, 분리되어 있었어요. 나는 그를 볼 수 없었어요. 유치장에서 풀려난 뒤로 나는 매일 군경에 찾아가 '아내' 자격을 이용해서 부친 면회를 요구했지만 그들은 당장 허락해 주지 않았어요. 그분이 공공질서 유지와 관련된 법률상의 이유로 붙잡혀 있다는 핑계를 대면서."

"아, 그 악마 같은 법의 이름으로 무수한 사람들이 투옥되고 고문당하고 죽어갔죠…"

"네, 맞아요. 4~5일 후에야 그를 만날 수 있었어요. 보아하니 구타당하고 학대받고 거칠게 다뤄지고 고문을 받은 모습이었지요. 야위어 있었고 피로에 지쳐 보였어요. 마치 유령 같았죠. 그가 했던 말이 기억이 나요…"

감정이 복받친 양펜은 말을 멈춰야 했다. 그녀는 잠시 기다린 다음 목울음을 삼키며 말을 이었다.

"군경이 그의 집을 가택 수색해서 위험한 서적을 잔뜩 찾아내고는 그가 붉은 사상에 전염되었으며 다른 사람들을 동일한 사상으로 전염시켰다는 이유로 고발했다는 거예요… 허용된 면담 시간은 20분으로 제한되었어요. 그건 순식간에 지나갔지요. 그의 유일한 관심사는 물론 당신의 운명이었어요. 그는 당신이 어떻게 되었는지 궁금해했죠. 가능한 시나리오들을 다 상상해 보았을 겁니다. 그는 가장 잔인한 고통을 겪고 있었던 거예요… 그리고 나는 불행하게도 그것에 대해 아무 말도 해줄 게 없었고요."

"그건, 아버지가 감내했던 또 다른 고역이었네요. 제가 어떻게 되었는지 알 수 없었다는 게…"

"맞아요!"

레이는 고개를 떨구었다. 그러더니 극심한 복통을 참으려는 사람처럼 두 손으로 머리를 감쌌다. 어두운 침묵이 파고들었다. 그리고 그는 노부인이 갸릉대는 목소리로 중얼거리는 말을 들었다.

"… 마지막에 부친께서는 나더러 지체 없이 중국으로 돌아가라고 친절하게 충고했어요. '어쨌거나 당신에게는 그러는 편이 좋아요, 아무튼 더 안심도 되고요'라고 말했어요. 슬픔과 고통에 짓눌려 일그러진 얼굴로… 나는 잊을 수가 없어요… 결코 잊지 못했어요…"

"그 면회 이후로 아버지를 다시 볼 수 있었나요?"

"아니요, 그게 처음이자 마지막 면회였어요."

"그러니까 그 후론 아무도 아버지를 다시 보지 못했군요…" 늙은 남자가 고개를 들며 나지막한 소리로 중얼거렸다.

"나는 구치소를 여러 차례 찾아갔어요. 하지만 그를 더는 볼 수 없었어요. 매번 거절당했죠. 우리가 음악 연습을 하던 그날 다른 군인들의 의혹을 불식시키기 위해 유에게 그가 정말로 음악가인지 입증하라고 요구했던 그 남자를 어느 날 우연히 마주쳤어요. 그 사람은 다른 군인들과는 달랐어요. 군인치고는 다정하고 정중한 사람이었지요… 그는 나에게 이제 내 남편을 다시 볼 생각을 포기해야 한다는 걸 이해시켰어요. '그 사람은 아주 먼 곳으로 떠났고 다시는 돌아오지 않을 겁니다'라고 그가 고개를 떨구며 확언했어요. 그런 일을 그렇게 냉혹하게 알려주게 되어 유감스럽다고도요. 바로 그 순간 그의 얼굴이 신경성 경련으로 완전히 일그러졌던 것 같아요."

그러자 레이는 작년에 야마자키 미도리를 방문했던 이야기를 중국인 부인에게 들려주었다. 양펜은 현악기 제작자가 된 어린 레이와 바이올리니스트가 된 중위의 손녀와의 믿기지 않는 만남에 매우 놀라워했다. 최초의 감동이 지나가자, 침착을 되찾은 부인은 레이가 미도리와 그녀의 어머니와 함께 보낸 그날의 이야기를 따라가기 위해 귀를 바짝 기울였다. 마지막에 그녀는 깊은 한숨을 내쉬며 속삭이듯 말했다.

"그러니까 그 사람 역시 괴로워했군요. 그는 군대에서 편치 않았던 거예요…"

문을 두드리는 소리가 났다. 프랑스어를 하는 그 간호사가 흰 블라우스 차림의 두 여인과 함께 들어섰다. 간호사는 레이의 귀에 대고 소곤거렸다.

"환자를 씻기러 왔어요, 잠시 나가주실 수 있죠? 15분 정도 걸릴 겁니다."

"그러지요."

간호사의 얼굴 위로 단정한 미소가 번졌다.

레이는 잠깐 자리를 비우겠노라고 양펜에게 말한 뒤에 방을 나섰다.

"돌아와야 해요, 아직 이야기가 끝나지 않았으니…"

"네, 물론이죠, 당연히 그럴 겁니다."

5

"그 바이올린은 완전히 부서졌어요. 증오심 가득한 그 병사가 군홧발로 두 번 짓밟아 망가트렸죠. 그런데도 당신은 그걸 복원하는 데 성공한 건가요?"

"네, 아주 오래 걸렸죠. 하지만 그렇게 해냈습니다."

"얼마의 시간을 들인 거죠?"

"제가 그 무모한 기획에 몸을 던진 건 크레모나에 머물던 마지막 해였어요. 스승의 주의 깊은 시선을 받으면서죠. 시작한 건 1970년이었어요. 복원을 완전히 끝낸 건 1982년이고요. 그러니까 12년이 걸렸어요. 제가 그걸 아주 정확히 기억하는 건 그 해에 활 제작자인 제 친구와 함께 살기 시작했기 때문이에요."

"어머나, 아내가 활 제작자인가요?!"

"네, 저희는 결혼을 하진 않았지만 그런 거나 마찬가지죠. 그 사람은 아주 일찍, 제가 수련을 시작하던 초반에 미르쿠르에서 만났어요. 미르쿠르는 아주 작은 도시지만 이탈리아의 크레모나처럼 18세기 이래 현악기 제작으로 널리 알려진 곳이에요. 아버지의 바이올린 복원이 완전히 이루어졌을 때 저희는 함께 살기로 결심했죠. 제 나이 쉰다섯이었을 때입니다."

"당신의 부인, 아니 당신의 동반자 혹은 여자 친구…아, 뭐라고 불러야 할지 모르겠네요. 적합한 일본어를 모르겠어서…"

"그녀는 저보다 다섯 살 아래입니다. 이름은 엘렌이고요. 이제 부인은 모든 걸 다 알고 계세요!"

린 양펜은 레이가 도착한 이후 처음으로 미소를 지었다.

"당신이 함께 살아갈 누군가가 있다는 걸 알게 되어 기뻐요. 삶이란 쉬운 길이 아니라서, 나처럼 혼자 사는 것보다는 누군가와 함께 헤쳐 나가는 게 더 나아요…"

레이는 갑자기 생각에 잠겨버린 양펜의 얼굴을 살펴보았다.

"그럼 부인께서는…"

"… 나는 혼자였어요…"

잠시 침묵이 흘렀다. 혼자만의 생각에 빠져든 양펜은 마치 여기 없는 사람 같았다. 레이는 무엇이 이 노부인을 침묵의 몽상 속으로 빠져들게 했을까 상상해 보았다.

"가방에서 카디건과 책을 꺼내줄래요?"

연한 장밋빛 카디건은 상점 진열대의 새 상품처럼 조심스레 접혀 투명 플라스틱 봉투 안에 들어 있었다. 책은 제목을 볼 수 없도록 크라프트 포장지에 싸여 보호되어 있었다.

"그 장밋빛 카디건은 당신이 아주 어릴 때 돌아가신 당신 어머님 거랍니다."

"제가 세 살 때일 거예요…"

"언젠가 당신 집에서 연습을 할 때였어요. 처음에 우리는 당신 집에서 연습을 했거든요. 그러다가 장소가 좀 비좁아서 문화센터로 정한 거죠. 아무튼 어느 날인가 제가 감기가 들어 기침을 했을 때, 당신 부친이 친절하게도 나에게 당신 어머니의 그 카디건을 빌려주셨어요. 연습이 끝난 뒤 집으로 가기 전에 그걸 돌려주려고 했지요. 그랬더니 부친께서 '그냥 입고 가세요. 날씨가 추워요. 언제든 내게 돌려주면 됩니다. 잘 알겠지만 내겐 더 이상 필요 없는 옷이라서…'라고 말씀하셨어요. 결국 나는 그걸 가지고 있었고 필요할 때마다 부친 앞에서도 그걸 입었어요. 그의 호의를 남용했다는 후회가 됩니다…"

"아니요, 저는 그렇게 생각하지 않습니다. 외려 아버지는 당신이 그 카디건을 입고 있는 걸 보고 흡족해하셨다고 확신합니다."

레이는 양펜의 핼쑥한 얼굴이 살짝 발그레해지는 걸 보았다.

"그런데 이 책은요?" 레이는 두 손으로 책을 들고 물었다.

"우리는 체포되고 곧장 구치소로 연행되었어요. 유는

그 작은 책을 겉옷 안주머니에 가지고 있었지요. 그곳에 도착하면서 유는 군인들이 흩어지던 정확한 순간을 포착하여 몰래 그 책을 나에게 건네주었어요. 그리고 나는 보호 유치 상태에 있던 동안 그걸 치마 밑에, 정확하게 말하자면 속바지 안에 간직했어요. 그래서 그들이 그걸 발견하지 못했지요… 얼마나 떨렸던지!"

레이는 그 작은 책을 펼쳤다. 『게 가공선』이라는 제목의 페이지가 나타났다. 그것은 1929년에 출간된 고바야시 다키지의 유명한 소설이었다. 일본과 러시아 사이의 오호츠크해에서 게를 잡는 선박 노동자들이 겪은 노예에 가까운 삶의 상황을 묘사한 작품이었다. 레이는 『게 가공선』은 읽지 않았지만 고바야시 다키지가 프롤레타리아 문학으로 유명한 작가이며 1933년 스물아홉의 나이로 근육질의 경찰에게 심문을 받으며 잔혹한 고문에 시달리다가 사망했다는 얘기를 들어왔다.

"저는 유명한 이 소설을 아직 읽어보지 않았어요…"

"나는 몇 번이나 읽었는지 몰라요. 당신 부친 역시 고바야시 다키지 같은 운명을 겪은 게 아닌가 생각해요…"

양펜은 깊은 한숨을 쉬었고 생각에 잠긴 침묵으로 빠져들었다.

6

"당신 부친은 책 읽는 걸 좋아했어요. 그의 책장의 몇
몇 책들은 치명적이었고요…"

"당신들은 두 분 모두 어두운 시절을 겪었어요. 자유,
생각의 자유, 표현의 자유, 의식의 자유 등 모든 자유가 말
살되었던…"

"당신도 책 읽는 걸 좋아했지요. 그날 당신이 책에 빠
져 있던 게 기억나요. 당신에게서 책을 떼어놓을 수 없었
지요."

"아, 그걸 기억하세요?"

"예, 아주 생생한 이미지로 간직하고 있어요."

"그게 요시노 겐자부로의 『그대들, 어떻게 살 것인가』
라는 책이었는데 1937년, 그러니까 우리의 비극이 일어나
기 1년 전에 출간되었죠. 그 책을 저에게 준 건 아버지였
어요. 출간되자마자 책을 읽었던 아버지는 큰 감동을 받
으셨어요. 아무튼 극찬하며 그 이야기를 하셨어요. 그것은

청소년기 내내 저와 함께했던 책이에요. 저는 초판본을 간직하고 있고 규칙적으로 다시 읽곤 합니다. 부인도 그 책을 아세요?"

"아니요. 유가 돌아오지 않을 거라는 사실을 알았을 때 나는 일본을 떠나기로 결정했어요. 그때부터 나는 그 나라와 단절되었어요…"

"그건 굉장한 책이에요. 요시노는 파시스트 광기와 초국가적 군사주의의 열기에 휩싸였던 시기에 젊은 일본인들을 겨냥하여 이성의 비판적 사용을 권고하는 과감한 책을 써냈죠. 그는 연장자와 지배자들에 대한 비굴하고 맹목적인 복종보다는 평등한 사람들의 우애에 관련된 윤리의 우월성을 옹호했어요. 아버지는 제가 어떤 상황에서도 명석함을 간직하고 집단 광기에 굴복하지 않고 비상식적인 일들에 항거할 수 있는 젊은이가 되길 바라셨을 겁니다."

미주사와 레이는 1938년 11월 6일 일요일에 아무런 예고도 없이, 최소한의 마음의 준비를 할 겨를도 없이 아버지를 영원히 잃었고, 그 부재자, 사라진 사람, 여기 없는 사람, 죽은 사람을 산산조각으로 부서진 바이올린을 통해서 그리고 요시노 겐자부로의 책을 통해서 끊임없이 생각했다. 그리고 바이올린과 책에 이어, 그 중국인 친구의 불굴의 인내심과 변치 않을 충실성 덕분에 장밋빛 카디건과 『게 가공선』이 더해졌다. 레이는 부서진 바이올린을 자기 삶의 재료이자 목표로 삼았었다. 니콜라 프랑수아 뷔욤의 바이올린 복원을 완성하고 나자 언젠가는 요시노의 그 위대한 책을 번역하겠다는 생각이 아주 자연스럽게 그에게 떠올랐다. 『그대들, 어떻게 살 것인가』라는 책의 곳곳에서 저자의 목소리와 더불어 아버지의 목소리가 겹쳐 들려온 듯했기 때문이었다. 그는 10여 년 전부터 책의 번역을 시작했다. 아침 일찍 5시쯤이면 새벽의 침묵 속에 자리에서 일어났다. 버터 바른 빵과 커피로 간단한 아침 식사를 마치고 나면 현악기 제작을 위한 도구들, 대팻밥들, 작업 중인 몇 개의 현악기들로 둘러싸인 작업대에 자리를 잡고 앉아, 지적으로 깨어나면서 요시노의 말들이 훌륭하게 포착한 일본 중학생의 내적인 발전을 프랑스어로 표현해 내려고 노력하곤 했다. 그는 서두르지 않았다. 한 걸음 한 걸음씩 나아갔고 하루에 기껏해야 열 줄을 한 단어씩, 한 문장씩, 한 문단씩 옮겨 나갔다. 11시가 되면 일을 멈춰 휴식을 취하고 현악기 제작자의 감색 앞치마를 다시 입었다.

"저는 그 번역 작업을 오로지 저 혼자만을 위해, 출간할 생각은 조금도 없이 하고 있어요… 페이지마다 자질구레한 것들에 오래 머물러 있노라면 아버지의 목소리가 좀 더 잘 들리는 것 같아요."

7

해가 기울었다. 병실 창문을 통해 보이는, 20여 미터 사이를 두고 심어진 벚나무와 단풍나무가 어스름해지는 밤의 장막 속으로 조금씩 미끄러져 들어가기 시작했다.

"늦었네요, 린 부인, 제가 오후 내내 부인을 너무 피곤하게 했어요. 이제 돌아가야겠습니다."

"여기까지 나를 찾아와 줘서 진심으로 고마워요. 당신을 다시 보고, 당신의 삶과 현악기 제작자의 여정에 대해 듣고, 당신에게 되돌려 주어야 했던 것을 돌려줄 수 있어서 정말로 기뻐요. 유를 상실한 것은 나에게 치유 불가능한 상처지만, 동시에 바로 그가 나를 살아가도록 도와주었어요. 오늘 당신을 다시 만나서 행복했어요. 당신이 내 앞에 다시 나타난 것은 나에게 진정한 위안이자 예기치 않았던 치유입니다. 고마워요, 너무 고마워요. 감사한 마음을 이루 다 말할 수 없을 겁니다…"

"서로 연락하고 지내도록 해요. 당신의 종손에게 편지

를 써서 제 소식을 전해드릴게요."

"그래야죠, 그러면 정말 기쁠 거예요. 당신이 상상할 수 없을 정도로…"

레이는 양펜의 차갑고 떨리는 오른손을 자신의 장인다운 투박한 두 손으로 잡았다. 그녀의 손에는 힘이 없었다.

"당신의 손은 따뜻하네요!" 양펜이 더듬더듬 말했다.

아주 많이 늙은 여자와 늙은 남자는 그렇게 오래도록 서로를 바라보았다. 그러고 나서 레이는 고개를 숙였고, 양펜은 이제 곧 간호사에 의해 커튼이 드리워질 창 쪽으로 고개를 돌렸다. 잠시 후 그들은 다시금 서로 마주 보았다. 마침내 그들은 작별 인사를 했다. 늙은 남자는 병실 문을 열기 전에 노부인을 향해 다시 돌아섰다. 그는 문을 천천히, 아주 천천히 다시 닫았다. 보랏빛이 도는 병자의 입이 경련하듯 오그라들었고 창백한 얼굴로 방문객에게 마지막 미소를 던졌다. 소심하게 들려진 현악기 제작자의 왼손이 오래된 괘종시계의 묵중한 추처럼 힘없이 흔들거리던 양펜의 오른손에 응답했다.

레이는 희미하게 불이 밝혀진 복도를 걸어 병원 출구를 향해 갔다. 그가 메고 있는 작은 배낭 안에는 다른 것들 사이에 자기 어머니의 장밋빛 카디건, 반세기 넘는 세월 동안 중국인 여인이 입고 간직해 오던 그 카디건과 고바야시 다키지의 『게 가공선』의 매우 오래된 판본이 들어 있었다. 아버지 소유의 그 책은 아버지의 중국인 여자 친구,

그의 순간적인, 찰나의, 허구의, 상상의, 몽상의 아내였던
그 여자 친구가 읽고 또 읽으며 간직해 온 것이었다.

8

파리에 돌아온 레이는 야마자키 미도리에게 서둘러 편지를 써서 양펜과의 뜻밖의 만남을 전해주었다. 1938년 11월 6일의 드라마에 대해 그때까지 알려지지 않았던 부분들, 즉 체포된 후 아버지의 운명에 관한 이야기를 바이올리니스트와 공유하고 싶었던 것이다.

보낸 이 : 水澤礼 / 미주사와 레이 / 자크 마이야르
받는 이 : 야마자키 미도리
제목 : 린 양펜 부인과의 만남
날짜 : 2004년 5월 17일

친애하는 미도리 양,
잘 지내고 있겠지요.
이 편지에 첨부한 워드 문서에는 제가 전혀 예기치 않았던 린 양펜 부인과 해후한 후에 당신에게 보내드리려고 썼던 이야

기가 있습니다. 양펜 부인은 1938년 11월 6일에 <로자문데>
를 연주했던 4중주단의 한 사람입니다.

긴 내용의 편지지만 당신의 답을 바라고 쓴 것은 아닙니다. 단
지 나의 이야기와 이제 당신이 알고 있는 니콜라 프랑수아 뷔
욤의 바이올린 이야기에 린 양펜 부인이 들려준 제 부친의 이
야기를 보충하고 싶었습니다.

정진하기를 바랍니다.

우정을 담아,

水澤礼 / 미주사와 레이 / 자크 마이야르

9

소리 죽인 실내악이 자주 흘러나오던 아틀리에의 조용한 침묵 속에 몇 달이 흘렀다. 비가 내리던 11월 어느 날, 레이는 장 밥티스트 뷔욤의 바이올린 조율에 몰두하고 있었다. 미국의 유명한 여성 바이올리니스트가 그에게 맡겼던 바이올린으로, 그녀 말에 따르면 예전에 체코의 바이올리니스트 요제프 수크가 소유했던 것이라고 했다. 천장에 매달린 두 개의 스피커에서 슈베르트의 현악 4중주 〈로자문데〉 2악장이 은은하게 울려 퍼졌다. 그는 지각하기 힘들 만큼 미세하게 앞쪽으로 기울어진 브릿지를 바로 세웠다. 그렇게 함으로써 브릿지가 f자형 구멍 한가운데에 정확하게 다시 고정되도록 했다. 마지막으로 향주의 끝부분을 조심스럽게 조정해 바이올린의 향주 위치를 아주 미세하게 옮겼다. 이 모든 작업은 현들의 진동이 브릿지로, 브릿지에서 향주로, 향주에서 울림대로 그리고 마침내 악기의 공명상자 전체에 막힘없이 전달되도록 하기 위한 것이었다.

그는 바이올린과 비올라 들이 정렬된 곳 아래 위치한 고가구의 첫 번째 서랍에서 완벽하게 줄지어 세워놓은 활들 중 하나를 집어 들었다

바로 그 순간, 이메일의 도착을 알리는 작은 신호음이 들려왔다. 그는 뷔욤의 바이올린으로 〈론도 형식의 가보트〉의 첫 소절을 연주했다. 그러고 나서 흡족한 태도로 바이올린을 아틀리에와 작은 거실을 가르는 큰 테이블 위에 내려놓았다.

그는 작업대 끄트머리에 놓인 자신의 컴퓨터로 가 메시지 함을 열었다. 야마자키 미도리의 메일이었다.

보낸 이 : 야마자키 미도리
받는 이 : 水澤礼 / 미주사와 레이 / 자크 마이야르
제목 : 파리의 콘서트
날짜 : 2004년 11월 19일

친애하는 미주사와 선생님,

오랫동안 소식 전하지 못해 죄송합니다. 2003년 5월의 만남 이후 1년 반이 흘렀네요. 시간이 믿을 수 없는 속도로 지나갑니다!

저는 작년 한 해 동안 거의 전 세계를 몇 차례 순회했어요. 마지막은 12월에 있었던 동유럽 공연이었어요. 몇 달 전부터 누적된 피로 때문인지 올해 초에는 병이 났어요. 그래서 주치의

의 충고에 따라 6개월의 휴식 기간을 스스로에게 주었답니다. 9월이 되어서야 비로소 정상적인 제 리듬을 조금씩 되찾기 시작했어요. 이제는 완벽하게 회복했습니다.

린 양펜 부인을 만난 후에 제게 보내주신 편지에 정말로 감사드립니다. 이제 선생님은 1938년 11월 6일의 드라마에 대한 완벽한 시각에 결여되었던 조각을 갖게 되셨네요. 저의 할아버지도 잠시 등장하는 이야기가 있어서 저 또한 전체적 비전을 선생님과 공유할 수 있게 되어 기쁩니다.

오늘 편지를 쓴 이유는 제가 다음 봄에 파리에 있게 될 것이고 플레이엘 콘서트홀에서 연주하게 되었다는 소식을 전하기 위해서입니다. 선생님께서 사모님과 함께 와주시기를 바랍니다. 제 에이전트에서 선생님께 공식 초대장을 보낼 겁니다. 그 기회에 뵐 수 있다면 무척 기쁠 겁니다. 저희 어머니도 물론 함께 참석하실 겁니다.

진지한 우정으로,

야마자키 미도리.

레이는 곧장 미도리에게 답장을 하여 소식을 전해준 것과 파리 콘서트에 초대해 준 것에 대해 고마움을 표했다. 그는 연주회에 아내와 꼭 참석하겠다고 확인해 주었다. 그는 벌써 플레이엘 홀을 상상하고 있었다. 엘렌과 함께 그곳에 가지 않을 도리가 있겠는가? 젊은 바이올리니스트에게 엘렌을 소개시켜 주는 일은 큰 즐거움일 것이다.

그리고 콘서트 후에 그녀의 시간이 허락되어 그녀의 모친과 함께 다 같이 다시 만난다면 너무도 기쁠 것이다.

그는 엘렌에게 전화를 걸어 야마자키 미도리로부터 받은 초대 소식을 전했다. 그녀가 전화기 너머로 환호했다.

"당신 운명은 정말 기이하네! 그 연주회에는 당신 아버지와 쿠로카미 중위도 초청해야 할 거야, 그게 실현될 수 있다면 말이야!"

10

조금은 긴장된 모습으로 레이와 엘렌은 플레이엘 홀에 너무 일찍 도착했다. 홀에는 아직 사람이 많지 않았다. 몇몇 드문 얼굴들만 여름 한낮의 질식할 듯한 열기가 촉발한 신기루마냥 어른거리고 있었다. 그림자 하나가 그들에게 다가왔다.

"자크, 오랜만이야!"

"오, 반가워! 잘 지내지?"

"잘 지내, 고마워. 오늘 저녁에 어쩌면 여기서 자네를 만날 수 있을지 모르겠다고 생각했네. 훌륭한 바이올리니스트 같았거든⋯ 자네도 연주는 이미 들어봤지?"

"응. 아무튼 조금, 그렇지⋯"

"게다가 그녀가 자네의 바이올린 중 하나로 연주한다는 소문이 있던데⋯ 사실이야?"

"누가 그러던가? 아니야, 그건 그저 소문일 뿐이야! 미안한데 저기 인사할 사람이 있어서 가봐야겠네, 그럼 이만."

"아, 괜찮아. 가봐, 또 보자고! 곧 만나!"

귀찮고 성가신 동료를 떨쳐버린 레이는 짜증이 나서 한숨을 내쉬었다. 그는 엘렌의 팔을 잡고 기둥 뒤로 몸을 피했다. '저 사람 정말 힘드네! 소문만 듣고 사는 거 같아'라고 격앙된 레이는 생각했다. 검은 정장들, 다양한 색깔의 원피스들 그리고 편안한 복장의 사람들로 조금씩 홀이 채워졌다. 엘렌은 등 뒤에서 어떤 남자가 '프로그램을 가져가세요'라고 소리치는 걸 들었다.

그녀는 프로그램을 받으러 갔다. 공식 초청장의 편지에 예고된 대로 야마자키 미도리는 알반 베르크의 협주곡 〈어느 천사를 추억하며〉를 연주할 것이다. 레이는 미도리 그리고 그녀의 어머니와 함께 도쿄의 그들 집에서 함께 보냈던 한나절을 기억했다. 그는 검은 신 쿠로카미 중위를 생각했다. 그는 또한 자신의 아버지도 생각했다. 시간은 자신이 지나온 길 위에서 발견했던 모든 것을 삼켜버린 채, 되돌아오지 않고 달아나 버렸다. 그러나 중위는 그의 그림자를 살아남은 자들 가운데 남겼고, 미주사와 유 또한 자신의 그림자를 남겼다.

관람객들이 문으로 빨려 들어갔다. 레이와 엘렌도 홀 한가운데 마련된 그들의 자리에 앉았다. 무대에서 20여 미터 떨어진 그곳은 청각적으로 최상의 자리였다.

11

현행 관습과는 달리 그 콘서트는 베토벤의 7번 교향곡
으로 시작하여 베르크의 협주곡에 상석을 남겨주었다. 레
이는 그 교향곡을 아주 좋아했고 특히 1943년에 푸르트뱅
글러가 베를린에서 지휘했던 역사적인 연주를 좋아했다.
처음부터 끝까지 야생적 에너지, 장송곡의 고요한 속도를
가진 2악장에서조차 삶에 대한 열정이 관통하는 베토벤의
그 음악은 실존을 긍정하는 거대하고 영속적인 욕망처럼
보였다. 일련의 시련 끝에 죽음의 불안을 이겨내는, 삶을
향한 비범한 비상은 음악회 2부에서 쿠로카미 중위의 손
녀의 매개로 알반 베르크의 음악 안에 털어놓게 될 레이
의 마음 상태와 모순되지 않았다. 검은 신에 의해 음악에
입문한 젊은 바이올리니스트의 손끝에서 바이올린의 네
개의 현과 활 심지가 만나 대체 어떤 종류의 소리가 흘러
나올 것인가?

그의 조바심과 마음의 동요만 증폭시켰던 길고 긴 막

간 후에 레이는 다시 제자리에 앉았다.

"괜찮아?" 엘렌이 그에게 물었다.

"응." 레이가 힘없이 대답했다. 그렇다는 긍정의 소리가 최소한의 성대의 진동을 실어내지 못하는 듯, 엘렌은 그의 짧은 숨소리만 겨우 들었다.

야마자키 미도리가 짙은 색 바이올린의 손잡이 전체 그리고 머리 쪽이 위로 가도록 수직으로 세운 활의 아랫부분을 왼손으로 잡고 무대 위에 나타났다. 박수 소리가 홀을 휘감았다. 자신에게 꽂힌 모두의 관심에 우아하고 반짝이는 미소로 응답하면서 바이올리니스트는 오케스트라의 수석 바이올린 주자를 향해 걸어가 악수한 후 청중 쪽으로 돌아서서 허리를 깊게 숙여 경의를 표했다. 미도리가 청중에게 인사하는 동안 뒤로 물러서 있던 오케스트라 지휘자가 단상 쪽으로 올라가 청중을 향해 가볍게 몸을 굽혀 인사했다. 지휘자가 단원들 앞에 서자 박수 소리가 뚝 멈췄다. 흔히 콘서트 협주자나 독창가수가 입는 화려한 색의 드레스가 아니라 수수한 검정 조끼와 바지 차림의 미도리는 오케스트라 단원 속에 융화되려는 마음을 드러내는 듯했다. 중간 길이의 검은 머리카락은 목덜미 뒤에 붉은 리본으로 묶여 있었다. 레이는 언제라도 자신의 흉곽을 파열시킬 것처럼 쿵쾅대는 심장 소리를 들었다. 엘렌은 동반자의 호흡이 비정상적으로 빨라지는 걸 알아챘다. 그녀는 레이의 손을 잡으며 괜찮냐고 다시금 속삭여 물었다.

레이는 자신의 손안에 든 엘렌의 손을 꽉 잡으면서도 대답은 하지 않았다.

오케스트라의 지휘자가 두 팔을 들었고 안쪽 약간 왼편에 자리한 하프 연주자와 그의 정면에 있는 클라리넷 주자들을 바라보았다. 몇 초간 이어진 긴장된 침묵 후에 두 팔이 천천히 내려왔고, 한편 바이올리니스트는 〈어느 천사를 추억하며〉 협주곡의 도입부의 소리에서 두 번째 음절부터 피아니시모로 미끄러져 내리기 위해 자신의 활을 현들 위에 내려놓을 준비를 했다. 첫 음들은 작품 시작 전의 고요한 순간 같았고, 마치 바이올린 주자가 자기 악기를 미리 조율하는 행동처럼 보였다. 미도리의 왼손가락들은 아직 현들을 건드리지 않았다. 개방현들의 아르페지오는 두 클라리넷과 하프의 아르페지오로 지탱되었다. 사람들이 들었던 소리는 바이올린의 자연음이었다. 레이는 내면의 동요에 사로잡혔다.

곧이어 음악은 불협화음의 소리가 빚어내는 대양 속으로 나아갔고 거기에서 이따금, 일출의 첫 햇살이 감싸안은 숲속의 빈터처럼, 생각지도 않은 방식으로 화음들과 짧은 멜로디 악절들의 아르페지오가 솟아 나왔는데, 그것들은 12음 단절 이전의 음악에 익숙한 청각을 거스르지 않았다. 레이와 엘렌은 〈어느 천사를 추억하며〉를 알고 있었다. 그것은 열여덟 살에 갑작스레 닥쳐온 마농 그로피우스의 죽음에 격한 충격을 받아 작곡된 음악이었다. 소아

마비로 죽은 마농 그로피우스는 알마 말러와 건축가인 월터 그로피우스 사이의 딸이었다.* 미도리가 훌륭하게 연주한 1악장을 들은 레이는 죽은 이의 순결한 유년 시절의 증인이 된 느낌이 들었다. 조성(調性)과 무조성(無調性)의 기본 갈등을 나타내 보이던 명징한 음들을 통해 즐겁게 걸어가는 아이, 신나게 놀고 마음껏 웃으며 큰 소리로 노래하는 소녀의 반짝이는 삶을 고스란히 느낄 수 있을 정도였다.

예외적인 격렬함의 알레그로로 시작했던 2악장은 프로그램의 설명 글에 따르면, 악(惡)의 난입과 죽음으로 향하는 냉혹한 진행을 보여주었다. 야마자키 미도리의 바이올린은 고통으로 뒤틀렸고 오케스트라가 펼쳐내는 풍성한 음량과 확연하게 구별되었다. 첼로들은 병의 발발로 부추겨진 음험한 위협을 지시하는 듯했고, 금관악기들은 병적인 감정의 무시무시한 위력을 환기하고, 팀파니는 소녀의 몸을 엄습하는 고통의 절정을 신호하는 듯했다. 바이올리니스트가 왼손으로 곡예를 하듯 표현한 피치카토**는 무수한 통증의 지점들 같았다. 불현듯 고요가 자리했다. 그것은 바이올린으로 시작된 후 클라리넷으로 이어지는 그 유명한 바흐의 칸타타 O Ewigkeit, du Donnerwort(오, 영원이여, 우레같은 목소리여, BWV 60)의 인용이었다. 그

---

* 구스타프 말러의 아내인 알마 말러는 구스타프가 죽자 월터 그로피우스와 재혼하여 마농 그로피우스를 낳았다. 자식이 없었던 알반 베르크 부부는 마농 그로피우스를 친딸처럼 애지중지했다고 한다.

** 현악기의 현을 손으로 튕겨서 연주하는 방법.

순간부터 음악은 아주 서서히 진정의 지대로 미끄러져 고요한 마지막에 이르고 바이올린은 침묵 속으로 사라지는 무한을 향해 한 음 한 음 끊임없이 올라가고 있었다…

12

침묵은 오래 지속되었고… 어느 누구도 감히 그것을 방해하지 못했다.

그렇지만 누군가 인내와 감동 끝에 소심하게 손바닥을 쳤다.

다른 사람들이 그를 뒤따랐다.

그리고 끝나지 않을 박수의 폭포가 쏟아졌다.

13

박수갈채가 터져 나왔다. 바이올리니스트가 좀 전에 받은 꽃다발을 하프 연주자에게 전해주며 특별히 경의를 표하자 박수갈채는 한층 더 커졌다. 협연자는 배가되는 청중의 박수에 허리 굽혀 여러 차례 인사했고, 네 번째 커튼콜에 응답한 뒤 사라졌다. 지휘자가 그녀를 뒤따랐다.

긴장이 풀린 레이와 엘렌은 허탈한 상태였던 반면 청중 대다수는 브라보를 연호하며 맹위를 떨쳤다.

마침내 바이올리니스트가 무선 마이크를 손에 쥐고 혼자 무대로 다시 나왔다. 그녀는 말을 하기 시작했다. 맑은 목소리였다. 갑자기 거대한 고요가 드리워졌다. 메마르고 거친 땅이 빗물을 빨아들이듯 일체의 소리가 순식간에 사라졌다.

"오늘 저녁 이렇게 많은 분이 와주셔서 정말 감사합니다. 보통 연주회에서 음악가들은 말을 하지 않습니다. 말을 한다면, 자신들이 하고 있는 음악을 통해서 하는 거지요. 그런데 오늘 저녁은 특별합니다. 사실 여러분에게 제 바이올린에 대해서, 오늘 저녁 콘서트에서 알반 베르크의 〈어느 천사를 추억하며〉를 연주했던 이 경이로운 바이올린에 대해서 말씀을 드리고 싶어서입니다."

"저게 당신 바이올린이라는 거 알았어?" 엘렌이 물었다.

"응. 바이올린을 들고 무대에 등장했을 때는 확신하지 못했어⋯ 그 특별한 색깔에도 불구하고. 하지만 첫 음들을 듣자마자 그게 나의 뷔욤과 당신의 활로 연주되는 거라는 걸 알았지."

"이 바이올린은 프랑스의 현악기 제작자인 자크 마이야르 씨가 저에게 빌려주신 겁니다. 그분은 또한 일본인이기도 합니다. 마주사와 레이가 그분의 일본 이름입니다."

미도리는 일본인보다는 미국인에 가까운 억양으로 천천히 말했다.

"이것은 위대한 장 밥티스트 뷔욤의 동생 니콜라 프랑수아 뷔욤이 1857년에 제작한 바이올린입니다. 자크 마이야르 씨의 부친인 미주사와 유 씨 소유였던 바이올린이죠. 1938년의 어느 날 이 바이올린은 상상할 수 없는 폭력적인 행위로 파괴되었습니다⋯"

야마자키 미도리는 그렇게 미주사와 유의 바이올린에 관한 모든 이야기를 시작했다.

"죄송합니다, 제가 프랑스어에 익숙하지 않습니다. 실례가 되겠지만 지금부터는 이번 기회를 위해 제가 준비한 짧은 글을 읽도록 하겠습니다."

미도리는 웃옷 안주머니에서 흰 종이 한 장을 꺼내 펼쳐 들었다. 홀 안에는 교토의 큰 선불교 사원의 침묵에 비견할 만한 깊은 침묵이 감돌았다.

14

미도리는 이따금 흰 종이에서 눈을 떼면서 읽기를 계속했다.

"장롱 안에서 공포에 떨었던 그리고 제 할아버지로부터 부서진 바이올린을 돌려받았던 그 소년은 현악기 제작자가 되었고 그 바이올린 복원에 일생을 바쳤습니다. 영광스럽게도 오늘 저녁 저는 그 바이올린으로 그의 아내 엘렌 베커가 만든 활을 가지고 연주를 했습니다. 이 바이올린은 매우 경이로우며 스트라디바리우스 혹은 과르네리우스에 전적으로 비교될 만하다고 생각합니다… 아무튼 저는 이 뷔욤-마이야르 바이올린에 매료되었습니다. 니콜라 프랑수아 뷔욤이 만든 원래의 바이올린이 자크 마이야르에 의해 부활하여 더 좋아지고 풍성해지고 위대해진 느낌입니다."

바이올리니스트는 이제 써온 글을 보지 않고 말했다.

"그분은 오늘 저녁 엘렌과 함께 이 자리에 우리와 같이 있습니다. 제게는 그분들이 보입니다. 여러분에게 그분들을 소개시켜 드리고 싶은 마음을 억누를 수가 없습니다…마이야르 부부입니다!"

예기치 않았던 급작스러운 호출에 놀라고 당황한 자크와 엘렌은 자리에서 일어나 플레이엘 홀을 가득 메우고 있던 청중의 시선을 어색하게 받아냈다. 청중은 미도리가 진정하라는 신호를 보낼 때까지 오랫동안 박수갈채를 보냈다.

"공연은 아직 끝나지 않았습니다. 왜냐하면 두 개의 작품을 앙코르로 들려드리고 싶거든요."

우레 같은 박수가 쏟아졌다. 바이올리니스트는 기다렸다. 침묵이 되돌아오자 그녀는 청중에게 들려주고 싶은 곡에 대해 말했다. 우선은 어린 자크가 그날 군인들이 들이닥치기 전에 들었던 곡이고 두 번째는 캄캄한 장롱 속에서 홀로 두려움에 떨며 귀 기울여 들었던 음악이었다. 미도리는 첫 번 앙코르 작품은 슈베르트의 〈로자문데〉 4중주곡의 제1악장임을 밝혔다.

"마이야르 씨의 부친 미주사와 유 씨가 세 명의 중국인 친구들과 연습하던 곡은 슈베르트의 그 걸작이었습니다. 좀 전에 들려드린 이야기에서 이해하셨듯이 제 할아버지는 그들이 연습하는 동안에는 그 자리에 없었습니다. 하지만 미주사와 씨의 입을 통해 그 아마추어 음악가들이 연습하던 곡이 그 작품이란 걸 알았던 거죠. 저는 이 4중주곡을 지치지도 않고 들었던 할아버지에 대한 지울 수 없는 기억을 간직하고 있습니다. 그건 거의 병적인 집착이었어요… 그리고 이제는 왜 그러셨는지 이해가 됩니다."

무대 앞에 네 개의 의자가 반원 형태로 준비되었다. 야마자키 미도리는 4중주곡을 연주하기 위해 오케스트라의 세 음악가와 협연했다. 그녀는 미주사와 유가 맡았던 역할이자 자리인 제1바이올린을 담당했다. 바이올리니스트 칼렙 체크, 비올라에 조엘 크리스토프, 첼리스트 지앙 장이 이 기회를 위해 미도리와 합류했다.

"그럼 이제 슈베르트의 〈로자문데〉 제1악장을 연주하겠습니다."

세 명의 오케스트라 연주자들이 각자의 의자 뒤에 와서 서 있는 동안 야마자키 미도리는 마이크를 단상 위에 내려놓고 자기 자리를 잡았다. 그들은 청중에게 인사를 했고 바이올리니스트의 이례적인 제안에 열광한 청중은 한층 더 커진 박수로 연주자들에게 응답했다.

네 명의 연주자들은 자리에 앉아 각자의 악기를 조율했다. 미도리의 바이올린인 뷔욤-마이야르는 짙은 광택으로 반짝였고 그보다 밝은 주황색을 띠고 있던 다른 연주자들의 악기와 구별이 되었다. 2천 명의 청중들은 숨을 죽였다. 옷깃을 스치는 자그마한 바스락 소리, 의자가 삐걱대는 작은 소리도 방해가 되었다. 옆 사람의 숨소리마저 들릴 정도였다. 각자 슈베르트의 첫 음의 탄생을 기다렸다. 그날 저녁 그것은 멀리서, 아주 먼 곳에서, 다른 세계 혹은 심지어 딴 세상, 무한히 멀리 떨어진 시공간에서, 살해된 유년에서, 찢어지고 부서지고 절단된 오래된 기억으로부터 온 소리였다.

고여 있는 물이 어렴풋이 찰랑거리듯 울리던 첫 두 소절 후에 마침내 미도리의 바이올린이 자신의 **영혼** 주변으로 적어도 다른 세 개의 **영혼** — 미주사와 유, 쿠로카미 중위 그리고 미주사와 레이의 영혼 — 을 모아들이며 피아니시모로 슈베르트의 넓고 깊숙한 멜랑콜리 속으로 섬세하게 들어섰다.

플레이엘 홀의 거대하고 짙은 어둠 속에서 1938년 도쿄의 그 회의실이 유령처럼 솟아났다. 그곳에는 묵중한 장롱이 있었고 그 안에는 어린 소년이 숨어 있었다.

레이는 어둠 속에 몸을 파묻었다. 전율이 그의 등을 관통했다.

15

야마자키 미도리는 자신과의 협연을 무람없이 수락해 준 세 명의 연주자들에게 수없이 고개 숙여 인사하고 악수를 나누며 고마움을 표시했다. 잠시 후 그녀는 단상에 내려놓았던 마이크를 다시 집어 들고 신중한 몸짓으로 끝없이 이어지는 찬사의 박수를 멈추게 했다.

"감사합니다. 이제 두 번째 작품으로 넘어갈 차례입니다. 이것은 요한 제바스티안 바흐의 바이올린 독주를 위한 파르티타 3악장 〈론도 형식의 가보트〉입니다. 왜 〈론도 형식의 가보트〉냐고요? 왜냐하면 마이야르 씨의 부친께서 그날 뭔가를 연주해 달라고 요구했던 저의 할아버지 앞에서 켰던 음악이라서입니다…"

레이는 안경을 벗어들고 감겨 있는 두 눈을 왼손으로 지그시 눌렀다. 엘렌은 동반자의 무릎 위에 자신의 오른손을 가만히 올려 놓았다.

"저는 이 음악의 순간을 미주사와 유와 쿠로카미 켄고

의 영혼에 바칩니다.”

박수가 이어졌고 곧이어 사그라들었다. 커다란 침묵이 홀을 가득 채웠다.

미도리의 몸을 따라 흔들리는 두 팔이, 왼손으로는 바이올린의 손잡이를, 오른손으로는 활 아랫부분을 집었다. 그녀는 두 눈을 감았다. 명상은 1분 넘게 지속되었다. 그것이 바이올리니스트에게는 그녀가 매년 8월 6일 오전 8시 15분에 히로시마의 희생자들, 전멸한 그의 조부의 가족들, 1945년 3월 10일 도쿄의 폭탄 투하와 원자폭탄의 지옥이라는 전쟁의 횡포에서 치욕스럽게 살아남았던 할아버지에게 바치는 묵념과도 같은 침묵의 1분이었다. 그녀는 다시 눈을 떴고 짙은 색 바이올린을 왼쪽 어깨와 턱에 괴고 천천히 오른팔을 들어 활을 현 위에 올려놓았다.

그 작품은 경쾌하고 즐겁고 명랑한 주제로 시작했다. 햇살 가득한 어느 아침, 살아가는 행복에 떠밀려, 주변 풍경의 아름다움을 발견하려는 호기심에 자극받아 들판으로 산책을 나서는 도시의 청년을 동반하는 듯했다. 어느 순간 음악은 색채와 분위기가 달라졌고, 그것은 마치 조금 전만 해도 환히 빛나던 하늘에 짙고 어두운 구름이 갑자기 밀려드는 걸 본 젊은이의 억눌린 불안을 표현하는 듯했다. 하지만 그것은 일시적인 어두움이었다. 조금 지나자 처음의 발랄한 테마가 되돌아왔다. 유쾌하고 톡톡 튀는 이 모티브를 이미 얼마나 여러 번 들어왔던가? 그 집요한 회

귀 안에서, 그것을 무한정 장식하고 싶은 욕망 안에서 그 쾌활한 작은 멜로디에 대한 작곡가의 한결같은 애착이 느껴졌다. 그것은 마치 유년 시절에 배운 어느 단순한 노래에 대해 느꼈던 맹목적인 애정처럼, 내면 깊숙한 곳의 마르지 않는 샘물처럼 유년부터 노년에 이르는 모든 순간에 용솟음칠 준비가 되어 끊임없이 고동치고 있었다.

마침내 음악이 다섯 번째 도입부의 테마로 되돌아왔을 때 그리고 그 끝을 알리기 위해 두드러지게 속도를 늦추었을 때 레이는 낯선 감각에 사로잡힌 느낌이 들었고 그것은 그를 유년 시절의 얼어버린 시공간으로부터 해방하여 마침내 엘렌과 그들 주위의 사람들이 실제로 살아가는 이 세상의 시공간 위에 내딛게 해주었다. 마지막 음절들은 바이올리니스트가 자신의 오른팔을 아주 천천히 위를 향해 들어 올리도록 이끌었다.

쏟아지는 브라보와 박수갈채의 물결이 온 실내를 휩쓸었다. 현악기 제작자는 깊숙이 머리 숙여 인사하는 바이올리니스트를 바라보려고 고개를 들었다. 그는 정신과 마음이 동요되어 목소리도 안 나오고 최소한의 몸짓도 만들어낼 수 없었다. 오직 엘렌을 향해 몸을 돌리는 것 말고는 아무 일도 할 수 없었는데, 두 손을 열정적으로 맞부딪치던 엘렌은 박수를 멈추고 손가방에서 티슈를 꺼냈다.

홀 전체가 보기 드문 열광 상태에 한참 머물러 있었다. 야마자키 미도리는 무대와 무대 뒤 사이를 여러 차례 오고 갔다. 오케스트라의 단원들이 흩어지기 시작했다. 그녀가 마지막으로 청중에게 인사하기 위해 나타났을 때 무대 위에는 서너 명만 남아 있었다. 그 순간 레이는 무대 안쪽, 사람들이 정돈 중이던 하프 바로 옆에서 허름한 회색 옷을 입은 오십 대의 남자가 바이올린 보면대의 빈 의자들 뒤의 바닥에 앉아 있는 걸 목격했다. 그 사람은 원형극장의 좌석들을 향해 가볍게 눈을 들고 정면을 똑바로 쳐다보고 있었다. 남자는 몸을 일으켰다. 그리고 무대 오른쪽으로 걸어가기 시작했다. 그는 가끔 홀 쪽으로 고개를 돌렸고 바퀴 달린 링거 거치대를 밀고 가는 노인이나 병자처럼 비틀거렸다. 레이는 자리에서 일어났고 안경을 코에 다시 걸면서 몸을 앞으로 내밀었다. 그는 침을 삼키며 중얼거렸다.

"오또상!(아빠!)"

16

자크 옆에 앉아 있던 엘렌은 그가 알아들을 수 없는 말을 중얼거리는 걸 들었다.

"뭐라 그랬어?"

"… 아니, 아무것도 아니야." 자크가 엘렌을 향해 고개를 돌리며 대답했다… "아, 그가 이제는 없네, 사라졌어."

"누구?"

"아버지, 조금 전에 저 아래 있었거든, 오또상…"

에필로그

1

콘서트 다음 날 레이와 엘렌은 미도리와 그녀의 어머
니를 보러 갔다. 그들은 모녀가 머물고 있는 호텔 라운지
에서 오후 5시 반에 만나기로 약속을 잡았다. 레이와 엘렌
은 미도리와 아야코가 나타나길 기다리며 소파에 앉았다.
약속된 시간 몇 분 후에 두 일본 여인이 도착했다. 레이는
그들에게 엘렌을 소개했다. 엘렌은 바이올리니스트에게
멋진 콘서트에 대해 감사했고 특히 자크와 자신의 작업을
그토록 세심하게 치하해 준 관심에 고마워했다. 그들은 라
운지 중앙의 식당을 겸한 바에서 아페리티프를 함께 마셨
다. 각자 샴페인을 한 잔씩 선택하여 콘서트의 성공을 축
하하고 그것이 미도리의 삶과 레이의 삶에 만들어 낸 이
례적인 사건을 축하했다.

"건배!" 엘렌이 말했다.

"건배!" 아야코가 쑥스러워하며 프랑스어로 반복했다.

"쿠로카미 중위와 제 아버지의 영혼을 위해!"

"그 옛날에 서로 교감하던 두 영혼을 오늘 밤 모이게 하고 또한 우리 모두를 여기 모이게 한 뷔욤-마이야르 혹은 뷔욤-미주사와의 부활한 영혼을 위해!" 이번에는 미도리가 말했다.

네 사람은 함께 잔을 부딪쳤다. 레이와 미도리는 첫 모금을 마시기 전에 부 린께로 샴페인 잔을 부딪쳤다. 대화는 주로 프랑스어로 이루어졌지만 레이는 아야코가 소외되지 않도록 일본어로도 이야기를 했다.

"콘서트에 대해 진심으로 감사합니다. 예상했겠지만 몹시 놀랐어요… 제 부친의 바이올린으로 연주할 결심은 언제 했나요?"

"연주회 계획이 잡히자마자 바로 했어요. 그러니까 1년 반 전이에요. 제가 선생님의 바이올린을 얼마나 좋아하는지 몰라요. 바이올린을 제게 맡겨두신 이래로 제 스트라디바리우스는 좀 방치되고 있답니다. 거의 항상 선생님의 바이올린으로 연주하고 있어요."

"매우 영광입니다. 나는 당신 조부님과 나의 아버지 두 분이 그 콘서트에 분명히 계셨다는 생각이 들어요… 물론 앙코르곡으로 연주된 두 작품을 통해 함께하셨지만 당신이 선택한 베르크의 협주곡을 통해서도 그랬다고 생각합니다. 당신이 언젠가 그 곡을 연주하기를 조부님께서 바라셨다고 하니…"

"맞아요, 할아버지가 여러 번 그 얘길 하셨어요. 그 음악에서 마눙 그로피우스의 고통을 넘어 그 곡이 작곡되었던 시대의 모든 고통을 들으셨던 것 같아요… 〈어느 천사를 추억하며〉를 연주하는 일이 저에게는 선생님의 부친과 제 할아버지의 시대… 지독하게 고통스러웠던 그 모든 세월을 기억하는 한 방식이었어요…"

"당신의 바이올린에서 나왔던 그 음악은 죽은 이들을 깨워낼 수 있는 음악이었어요." 현악기 제작자와 바이올리니스트가 프랑스어와 일본어로 주고받는 대화를 듣고 있던 엘렌이 덧붙였다.

"죽은 사람들을 깨워낼 수 있다고요?" 미도리가 되물었다.

미도리는 방금 들은 얘기를 자기 어머니를 돌아보며 옮겨주었다.

"네, 음악이 너무 잘 **구현되어서** 죽은 자들의 왕국에 있는 영혼을 불러내는 힘을 가졌던 거지요…" 엘렌이 자신의 동반자를 바라보며 설명했다.

"사실은 어제저녁에 아버지를 보았던 것 같아요… 아버지를 실제로 보았어요…"

레이는 '실제로'라는 말을 강조했고 자신이 방금 미도리에게 했던 말을 아야코에게 몸소 번역해 주었다.

"아버지는 거기에, 음악가들이 떠난 후에 바닥에 앉아 있었어요, 제1바이올린 주자들의 의자들 바로 뒤에…"

봄밤이 아주 서서히 내려앉았다. 아야코를 제외한 모

두의 샴페인 잔이 비었다. 레이는 저녁을 먹으러 가자고
제안했다.

"식당을 예약해 두었어요. 여기서 그리 멀지 않으니 걸
어서 갈 수 있습니다."

그들은 자리에서 일어섰다.

현악기 제작사가 바이올리니스트의 어깨에 오른손을
얹었다.

"당신은 그 바이올린을 영원히 간직하세요. 바이올린
은 당신을 필요로 합니다."

"엘렌의 활도 함께요?"

"그야 물론이죠." 활 제작자가 대답했다.

그리고 나서 엘렌은 공공연한 자리에서 입맞춤을 하기
쑥쓰러웠던지 동반자의 왼팔을 잡으며 말을 이었다.

"그 바이올린은 그의 아버지예요. 하지만 동시에 그의
아이기도 하죠. 오늘은 그의 아들 혹은 딸이 결혼하는 날
이에요… 이 사람은 이제 바이올린을 당신에게 맡김으로
써 결정적으로 그 아들 혹은 딸과 헤어지는 거예요. 아이
에게 그리고 우리에게 행복한 일이라고 믿어요… 자크 혹
은 레이가 드디어 인생의 또 다른 시기로 들어서는 겁니
다…"

현악기 제작자는 엘렌을 향해 얼굴을 돌렸고 그녀의
이마에 다정하게 입을 맞추었다.

2

여러 언론이 야마자키 미도리의 콘서트를 기사로 다루었다. 알반 베르크 협주곡의 명석하고 훌륭한 해석, 그리고 비범한 이야기와 잘 어울리게 구성된 두 앙코르곡의 연주는 음악 애호가들의 좁은 울타리를 훌쩍 벗어나 재능 있는 바이올리니스트에 대한 대중의 폭넓은 관심을 집중시켰다. 콘서트에 관한 뉴스들은 또한 일본 출신의 프랑스인 현악기 제작자 자크 마이야르-미주사와 레이에게도 강렬한 조명을 비추었다.

그리하여 레이는 몇몇 기자들의 접촉을 받았고 특히 월간지 『음악과 말』의 기자는 초상화 형식의 인터뷰를 제안해 왔다. 자크는 마르셀 고댕이라는 그 잡지의 기자를 만나기로 했다. 그들은 현악기 제작자의 아틀리에에서 사흘 연달아 만나면서 이야기를 나누었다. 각각의 인터뷰는 두 시간 정도 진행되었다. 기자는 녹음기를 작동시키면서 동시에 노트를 했다. 자크 마이야르는 기자의 질문에 대답하면서 미주사와 유의 바이올린에 얽힌 모든 이야기를 들려주었다. 대화의 마지막은 미도리의 파리 콘서트 후에 텅 빈 무대 위에 있었던 그 신비로운 인물로 이어졌다.

"그러니까 당신의 부친을 보았군요?…"

"네, 피곤한 기색이었지만 아버지는 67년 전의 그 모습 같았어요… 그날 입었던 주름진 옷차림으로… 야마자키 미도리의 음악은 죽은 자를 건드려 그를 나에게까지 데려왔어요. 그래요, 감히 말하자면, 유령이 되어 그가 돌아왔어요… 그런 일들이 일어나기도 해요…"

"…"

"…"

"열정적인 긴 인터뷰 감사합니다. 당신의 초상을 바이올린의 부활에 초점을 맞추어 작성하도록 해보겠습니다."

자크는 마르셀 고댕이 '부활'이란 단어를 강조하고 있다는 인상을 받았다.

"원하시는 대로 해주세요… 당신을 믿겠습니다."

"고맙습니다. 글이 완성되는 대로 원고를 보내드리겠습니다. 어떻게 생각하시는지 의견을 말씀해 주세요. 보내주신 지적과 제안을 고려해서 최종 판본을 준비하겠습니다."

"그러지요. 좋습니다."

2주일 후 자크는 〈부서진 향주 ─ 일본 출신 프랑스인 현악기 제작자의 비범한 여정〉이라는 제목하에 작성된 5페이지의 긴 기사를 받았다. 진한 글씨의 제목 아래로 기자가 찍은 앞치마를 두른 인터뷰 대상자와 작업실의 사진이 보였다. 삼단 기사가 빼곡히 들어간 두 번째 페이지의 중앙 부분은 프랑수아 니콜라 뷔욤의 바이올린이 차지하고 있었다. 그것은 복원이 완성된 상태의 바이올린을 1982년 11월 11일에 자크가 직접 찍은 사진이었다. 파괴시도의 희생물이 되었던 때로부터 44년이 지난 후였다.

자크는 사실관계에 관한 몇몇 오류와 그가 늘 보이던 조심스러운 신중함에 어울리지 않는다고 생각한 두세 가지 표현을 바로잡아 달라고 부탁하기로 했다. 그는 하룻밤을 보낸 후 기사를 세 번 다시 읽었다. 세 번째 읽을 때도 여전히 거슬리는 몇몇 자질구레한 부분들을 발견했다. 그는 다시 한번 더 읽어보고서, 마침내 그 기사를 마르셀 고댕에게 보내며 긴 대화를 잘 정리해 준 것에 대해 감사 인사를 전했다.

3주일이 흘렀고 레이는 그간 『음악과 말』의 기사 생각은 한순간도 하지 못했다. 사실 시간이 흘러가는 걸 몰랐는데 자신의 모든 에너지를 현악기 제작자로서가 아니라 번역가의 일에 쏟아부었기 때문이었다. 몇 년 전부터 계획해 온 요시노 겐자부로의 『그대들, 어떻게 살 것인가』의 번역을 끝내기 위해서였다.

3

미주사와 레이에게는 전쟁의 지옥과 전쟁고아라는 상황에서 그를 구해냈던 필립과 이자벨 마이야르 부부 말고도, 그의 삶을 붙들어 매준 부성(혹은 부모)에 해당하는 세 가지 표상이 있었다. 우선 니콜라 프랑수아 뷔욤의 바이올린으로, 그것은 현악기 제작자로서의 삶과 그의 인생 전체의 중추가 되었다. 그 다음으로 요시노 겐자부로의 그 책을 들 수 있다. 그것은 꾸준하게 그에게 말을 걸어왔고 부재하는 그의 아버지 자리를 차지했다. 또한 번역의 길을 통해 부성의 목소리를 소생시키는 일에 헌신하려던 그의 결심은 바로 거기에서 비롯했다.

그런데 아버지를 표상하는 세 번째 것은 무엇이었나? 부서진 바이올린과 요시노의 책은 1938년 11월 어느 날 거칠고 난폭하게 단절되어 버린 그의 일본 생활을 구원해 주었던 유일한 물건들이었고 그것은 뒤이어 프랑스에서 살아가던 모든 날에 그의 앞에, 그와 함께, 그의 내면에 영원히 현존했다. 많은 세월이 지나 그가 한창 노년일 때 장밋빛 카디건과 고바야시 다키지의 소설이 말살된 그의 과거를 입증하는 개인적 물품들의 컬렉션에 첨가되었다. 하지만 이 최근의 물건들은 그의 사람됨을 이루어 낸 긴 세월 동안 그와 함께했다고 말하기에는 무리가 있다.

아버지의 바이올린이나 요시노의 책과 달리, 어떤 것은 절망스럽게도 보존될 수 없었다. 사실 그것은 하나의 사물이 아니라 어떤 존재, 한 생명체였다. 그것은 그 일요일, 밤이 이슥해져 그가 혼자 집으로 돌아가던 길에 신비롭게 불쑥 나타났던 시바견이다. 양부모인 필립과 이자벨은 그들이 일본의 수도에 머물러 있던 얼마 동안 레이가 그 동물을 데리고 있는 것을 허락했다. 하지만 레이가 프랑스 부모와 함께 결정적으로 일본을 떠나게 되었을 때, 그는 모모라는 이름을 붙여주었던 개와 헤어져야만 했다. 모모는 마이야르 부부의 이웃 사람에게 맡겨졌다. 그것은 가슴 아픈 일이었다. 완전한 고독과 싸우던 레이는, 그 옛날 환상 동화에서 자신을 구원해 준 남자에게 감사하기 위해 아름다운 여자로 변신한 두루미와는 반대로, 이제는 예전처럼 자기 앞에 모습을 보여줄 수 없게 된 아버지가 모모의 몸속으로 슬그머니 들어가 나타나기로 한 것이라고 생각하게 되었다. 그런데 모모와 헤어지게 되면 그는 두 번째로 아버지와 헤어지게 되는 것이었다. 레이의 마음은 찢어졌고 필립과 이자벨은 그 상처가 얼마나 고통스럽고 깊은지 잘 알고 있었다. 상처는 오랫동안 피를 흘리며 벌어진 채로 생생할 것이었다. 치유될 수 없는 그 상처를 어떻게 감싸줄 것인가? 어떻게 하면 그것을 덜 아프게 할 것인가? 그리하여 그들은 이제 자신들의 아이가 된 미주사와 유의 아이에게 이자벨 자매의 집안에서 태어난 어린 강아지 한 마리를 얻어주기로 했다. 똑같이 모모라는 이름을 붙여준 그 개는 레이의 청소년기 내내 함께 지냈다. 그 젊은이가 현악기 제작자가 되기 위해 미르쿠르로 떠날 무렵 그 개는 나이가 많이 들어 생의 마지막 순간에 다다랐다. 그로부터 오랜 시간이 지나 마침내 부친의 바이올린 복원을 완성했을 때, 레이는 비로소 또 다른 개와 함께 할 마음이 생겼다. 시바견 한 마리를 그의 보호 아래 들일 수 있는 기회가 주어졌던 것이다. 개와 함께 살고 싶은 마음은 떨쳐낼 수 없었다. 모모 이외의 다른 이름은 생각할 수도 없었다. 실제로 그 현악기 제작자에게 세상의 모든 개는 암컷이든 수컷이든 모두 모모로 불렸다. 그건 세상의 모든 바이올린이 그에게는 니콜라 프랑수아 뷔욤의 사촌이나 형제인 것과 마찬가지였다.

자크 마이야르가 『음악과 말』의 기사 교정에 몰두하고 있었을 때 그리고 그가 열정적으로 요시노 겐자부로의 책 번역에 몰두하고 있었을 때 그의 곁에는 그의 네 번째 모모가 있었다.

4

드디어 〈부서진 향주 — 일본 출신 프랑스인 현악기 제작자의 놀라운 여정〉의 대담 기사가 출간되었다. 레이는 단숨에 기사를 읽었다. 그리고 마르셀 고댕이 수집한 그 대담을 일본어로 번역하여 상해의 린 양펜에게 보내줄 생각을 아주 자연스럽게 했다. 그 일에 그는 꼬박 일주일을 보냈다. 그는 기사와 함께 미도리의 파리 공연에 관한 설명을 덧붙여 양펜의 종손에게 즉시 보내주었다. 상해의 병원을 방문한 이래 열 달 넘은 시간이 흐른 뒤였다. 야마자키 미도리가 플레이엘 홀의 콘서트를 예고하는 이메일을 받았을 때 레이는 지체 없이 양펜에게 그 소식을 전해주면서 쿠로카미 중위의 손녀가 연주하는 걸 들을 수 있게 된 은밀한 기쁨을 함께 나누었다. 양펜은 그 소식에 짧게 답을 보내왔다. "당신이 검은 신을 다시 만날 기회를 얻게 되어 매우 기쁩니다…"

사흘 후에 레이는 기사를 받았다는 종손의 메시지를

받았다. 최소한으로 줄여진 매우 짧은 메일이었다.

그리고 침묵.

약 2주일간 지속되던 침묵이었다.

『음악과 말』의 기사가 현악기 제작자의 기억에서 거의 물러났을 즈음인 어느 날, 중국에서 보낸 봉투 하나가 그의 집에 도착했다.

그것은 양펜의 편지였고, 연분홍 A4용지 두 장에 워드로 작성되어 있었다.

2005년 5월 17일
상해 시립 병원

친애하는 레이 상,

<부서진 향주 — 일본 출신 프랑스인 현악기 제작자의 놀라운 여정>을 읽고 얼마나 기뻤는지 당신은 상상할 수 없을 겁니다. 기사를 번역해 줘서 고마워요.

당신의 병문안은 나를 기쁨으로 가득 채워주었습니다. 이 세상을 떠나기 전에 내가 해야 했던 일을 하도록 해주었어요. 당신에게 장밋빛 카디건과 고바야시 다키지의 책을 돌려주는 일 말입니다. 그걸 하지 못했더라면 엄청난 후회에 사로잡혔을 겁니다. 이런 말을 해도 될지 모르겠지만, 마치 두툼한 나뭇잎에 붙잡혀 버린 연처럼 나의 영혼이 이승의 울퉁불퉁한

벽 위에 못 박힌 채 영원히 머물러 있었을 거예요.

『음악과 말』의 기사는 병실에서 함께 보냈던 그 잊지 못할 한 나절 동안 당신이 들려준 모든 이야기를 다시 생각할 수 있는 기회가 되었어요. 유의 바이올린을 중심으로 이루어졌던 현악기 제작자로서의 당신의 모든 경력 안에서 당신을 한 단계 한 단계 따라갈 수 있었던 귀한 행운을 내게 제공해 주었거든요. 당신은 1938년 11월 6일 그날, 비극적인 상황 속에서 아버지를 잃었지만, 결국 **검은 신** 중위 덕분에 당신에게 남겨졌던 바이올린을 통해 아버지와 언제나 함께 살았던 겁니다.

야마자키 미도리의 파리 콘서트 이야기를 통해, 나는 그 비극에 함께 했던 중요한 세 인물을 음악이라는 마법으로 한데 모이게 한 그 역사적 사건에 생각만으로도 동참할 수 있었습니다! 레이 상, 그날 저녁의 자세한 이야기들을 나에게 알려주려고 마음을 써준 당신의 세심함에 깊은 감사를 드립니다. 자신의 바이올린 소리에 소환되어 **되돌아온** 유에 대해 당신이 쓴 이야기, 그리고 그를 **구현해 낸** 두 개의 앙코르곡을 들은 후에 다시 떠난 이야기를 나는 기꺼이 믿습니다. 그의 영혼은 어딘가에, 어느 집 지붕, 어느 나뭇가지에, 어느 돌계단 위에 걸쳐 있었던 겁니다. 그는 분명 그것을 찾으러 왔어요… **검은 신** 중위 또한 요한 제바스티안 바흐의 <론도 형식의 가보트>와 알반 베르크의 <어느 천사를 추억하며>에 소환되어 아마 거기에 있었을 겁니다… 유와 **검은 신**이 그토록 오랜 죽음의 침묵 후에 이번 기회에 서로 만날 수 있었다는 생각을 하니 기쁩니다. 베르크가 몹시도 애절한 그 곡을 작곡한 것은 1935년, 즉 전쟁이라는 재난이 우리를 덮치기 고작 3년 전이었어요... 우리는 물론 그걸 모르고 있었지요. 그 음악 안에 감추어진 고통, 마지막에 거기에서 조금씩 퍼져 나오는 소리 없는 기도 같은 것은 아마 우리 시대가 남겨 놓았던 표식 자체일 겁니다... 김은 신의 마음을 사로잡았던 것이 바로 그런 생각이 아닐까 합니다.

의학은 내 생명을 뜻하지 않게 연장시키며 그 발전을 과시했어요. 내 주치의는 그걸 입증하는 일에 으뜸가는 사람이고요. 하지만 그것도 한계가 있는 것이, 나는 이제 정말로 마지막 나날에 이르렀다는 생각이 들거든요. 여전히 종손의 헌신적인 도움을 받아 당신에게 편지를 쓰고 있는데 아마 이것이 내 생애 마지막 편지가 될 겁니다. 내가 몹시 친애하는 레이 상, 이제 당신을 떠납니다. 나에게 주어진 것과 달랐으면 좋았을 나의 삶이 이제 그 마지막에 이르고 있어요. 그것은 무수한 후회가 뒤섞인 해방입니다. 죽음은, 그것을 겪어내는 사람들에게 고통스러운 경험입니다. 하지만 나의 죽음은 위로를 받아 그 고통이 완화되었습니다. 물론 뒤늦긴 했지만 기적처럼 당신이 내 앞에 다시 나타남으로써 비롯된 실제적인 위로였고, 생기 없는 나의 긴 인생에 건네준 위로였어요. 필시 유는 의심조차 하지 않았을 테지만, 나로서는 진실로 연결되어 있다고 느꼈던 그 사람이 잔인하고 폭력적인 방식으로 갑자기 사라져 버려 나의 삶은 치유할 수 없을 만큼 결정적으로 망가져 버렸죠. 그렇기 때문에 당신의 흔적을 찾아야겠다고, 그런 다음 당신에게 편지를 써야겠다는 생각을 해낸 나 자신이 자랑스러워요. 내 생의 마지막은 당신의 존재로 인해 밝게 빛났어요. 짓눌리고 슬픔에 잠긴 추억만 간직하고 있던 유의 바이올린을 당신 스스로 **부활**시킨 이야기로 당신은 유의 존재를 나에게 돌려주었습니다.

동봉하는 두 개의 사진은 내가 귀중하게 간직해 왔던 겁니다. 첫 번째 사진은 일중 4중주단의 사진이에요. 4중주단을 구성했던 날, <로자문데>의 첫 연습을 하면서 찍은 거예요. 제1바이올린이었던 당신의 부친이 네 사람 중 가장 연장자였어요. 맨 왼쪽에 서 있지요. 그가 니콜라 프랑수아 뷔욤의 바이올린을 들고 있는 걸 알아볼 겁니다. 두 번째 사진은 당신의 아버지와 내가 함께 찍은 사진입니다. 이 사진은 유가 나에게 그 장밋빛 카디건을 빌려주었던 날 첼리스트인 챙이 찍어준 거예요. 내가 걸치고 있는 그 카디건 알아보시겠어요?

당신이 병원에 왔을 때 이 사진들을 줄 수도 있었는데 그렇게 하지 못했어요. 나의 태생적인 소심함이 본능적으로 그걸 막았지요. 하지만 이제 이것이 당신에게 이 사진들을 전할 마지막이자 유일한 기회라는 것을 알기에 망설임 없이 보냅니다. 사진들이 나와 함께 관 속에 들어가 불태워질 수도 있겠지만, 당신 인생의 서랍 안에서 제자리를 찾을 수 있을 거라고 감히 믿어봅니다.

레이 상, 오래전부터 내 안에 간직한 무한한 슬픔, 요컨대 슈베르트의 <로자문데>가 표현하고 있는 슬픔과도 같은 그 무한한 슬픔과 함께 이제 당신을 떠납니다.

잘 있어요, 그리고 다시 한번 고마워요.

さようなら.そしてもう一度，ありがとう

린 양펜

마지막 줄과 린 양펜의 이름은 필자 자신의 손으로, 조금 흔들렸으나 아름답게 굴려 쓴 필체의 파란색 글씨로 적혀 있었다.

그 편지를 받은 지 꼭 일주일이 지난 어느 아침, 레이는 대고모의 사망을 알리는 양펜 종손의 간단한 이메일을 받았다. 그녀는 몇 시간 전, 아무도 알아채지 못한 한밤중에 홀로 떠났다고 했다.

자크 마이야르는 바로 그날 대형 출판사의 심사위원회로부터 『그대들, 어떻게 살 것인가』의 번역본 출간을 결정했다는 소식을 들었다.

5

오전 10시였다. 레이는 작은 거실의 안락의자에 앉아 커피를 마시며 쉬고 있었다. 손에는 편집자의 편지가 들려 있었다. 그는 벌떡 일어나 큰 거실로 갔다.

그는 소파 위에 아무렇게나 던져 놓았던 감색 앞치마를 치웠다. 그리고 벽장문을 열었다. 그 안에는 아주 오래전 혹은 최근에 사라져 버린 사랑하는 존재들, 영원히 잊히지 않은 채로 언제나 여기 있을 존재들의 이미지와 추억이 보존되어 있었다. 아버지, 어머니, 미르쿠르와 크레모나의 몇몇 현악기 제작의 스승들, 필립과 이자벨 마이야르, 모모1, 모모2, 모모3, 검은 신 쿠로카미 중위 그리고 린 양펜… 그것은 하나의 제단, 그렇다, 진정한 제단이었지만 그 어떤 숭배에도 종속되지 않았다. 자크 마이야르 혹은 미주사와 레이는 종교가 없는 사람이었다. 그는 어떤 사후 세계도 믿지 않았다. 최후에, 모든 것의 끝에, 문명과 인류의 마지막에, 지구와 태양계의 종말 후에 무엇이 남겠는

가? 모든 것이 삼켜지고 잊히고 사라질 것이다. 삶이란 결
국 거대한 대량 학살이 아닐까? 그렇다면 거기에 다른 것
들을 왜 덧붙이는가? 어째서 거기에 다른 것들을 만들어
한없이 깊은 어리석음을 범하는가? 전쟁이 무자비하게 양
산해 내는 무수한 어리석음, 그 어리석은 참호들, 절멸의
수용소, 빗발치며 당신들을 잘게 찢어버리는 폭탄들이 야
기하는 어리석음, 대량 파괴 무기들에 의해 촉발된 어리석
음은 원자폭탄까지 이르러 도시 전체를 한순간에 불 지르
고 검게 태워버리고, 돌연 나타난 맹목적이고 충격적인 사
탄의 빛에 뒤이어 괴물 같고 악마 같은 버섯구름을 하늘
로 피어오르게 하는… 왜 그토록 수많은 잔혹함이 일어나
는가? 왜 그렇게나 끔찍한 살해 행위가 벌어지는가? 그러
나 바로 그 잊지 못할 폭력들 때문에, 살아가는 일을 거칠
게 막아서고 그로 인해 끝도 없이 이어지는 유령들을 양
산해 내는 그 용서할 수 없는 살육들 때문에 레이에게는
제단의 구축이 절대적으로 필요했다. 그것은 그에게 무엇
보다도 우선은 살해된 그의 아버지를 그리고 가까이 혹은
멀리에서 그와 함께했던 모든 사라진 존재들을 돌려주었
다. 그때부터 현악기를 만들어 내는 그의 기예, 가장 어두
운 우울함과 가장 깊은 기쁨 같은 내면의 삶인 **영혼의 소**
리들을 — 과거와 현재의 작곡가들 덕분에 그리고 비할
데 없이 훌륭한 연주자들의 매개로 — 표현하는 그 현악
기 제작의 기예는, 그가 수많은 세월 동안 더듬거리고 주

저하고 탐구하며 배워온, 위대한 옛 스승들을 모델 삼아 인내심 있고 열정적인 배움 속에 펼쳐낸 수많은 노력 후에, 특히 아버지의 꽤 평범한 바이올린과 함께 그것을 수선하고 복원하고 돌보며 보낸 세월 후에 도달한 그의 기예는 그러므로 인간적 감정들을 위해 전적으로 헌신하는 것으로서, 당신을 세상과 삶에 가장 강렬하게 비끄러맸던 것을 전격적으로 파괴한 데서 비롯한 외상성 고통을 완화하려는 시도에 다름 아니었다.

벽장 선반 가장 깊숙한 곳에는 투명 비닐 안에 조심스럽게 접혀 있는 장밋빛 카디건과 벽면에 기대 서 있는, 가장자리가 낡고 노르스름해지고 세월의 무게로 눈에 띄게 훼손된 『게 가공선』의 매우 오래된 판본이 보였다. 쿠로카미 켄고의 마분지 비석은 그가 일주일 전에 양펜으로부터 받은 노르스름하게 낡은 두 장의 사진들의 지지대로 사용되었다. 레이는 그 사진들 옆에, 거의 수직으로 일으켜 세워진 침상에 기대어 애써 미소 짓고 있는 노년의 중국 여인의 사진을 놓았다. 그가 상해의 병원에 들렀을 때 찍었던 사진이었다. 마지막으로 선반의 전방에는 최근에 찍은 뷔욤-미주사와-마이야르 바이올린의 컬러 사진이 아주 작은 받침대 위에 놓여 있었다.

나는 두 손을 맞잡고 망자들의 작고 이상한 이 공동체 앞에서 조상 묘 앞의 사이프러스 나무처럼 몸을 꼿꼿이 하고 똑바로 서 있다. 나는 단호하고 결연한 자세로 네 번 접은 편집자의 편지를 고바야시 다키지의 책 속에 끼워 넣는다. 엘렌은 조심스럽게 나의 옆 아니 내 오른쪽 뒤로 조금 물러나 서 있다. 내 입술이 달싹이는 모습을 그녀가 보고 있나? 나는 그녀가 당연히 알아들을 수 없는 몇 마디 말을 소리 내지 않고 중얼거린다. 긴 묵념의 시간 끝에 나는 벽장 문을 닫는다.

나는 감색 앞치마를 천천히 두른다. 나는 엘렌의 허리를 잡고 작업실의 어둠 속으로 사라진다.

부서진 영혼

윤정임 역자

『부서진 향주』는 일본 작가 미즈바야시 아키라의 여섯 번째 프랑스어 소설이다. 자전적 에세이『다른 곳에서 온 언어』에서 밝혔듯이 그는 프랑스어를 '부성의 언어'로 채택하고, 모국어 못지않게 자유자재로 구사하는 그 언어로 꾸준하게 작품을 내놓고 있다.

2020년에 발표된 이 소설은 프랑스 전역 2,000여 개의 '독립서점상 연합'이 해마다 선정하는 〈서점인들의 상Prix des Librairies〉을 수상했고, 엑상프로방스와 도빌에서 각기 주관하는 지방 단위 상들의 수상작으로도 낙점되어 문단과 독자 대중의 호응을 끌어냈다.

소설은 중일전쟁 초엽인 1938년, 어느 일본인 음악 애호가가 결성한 중일 4중주단의 연습 장면으로 시작한다. 그들의 음악 연습은 일본 제국주의 군인들의 난입으로 중단되고 주동자로 지목된 일본인은 그 자리에서 체포 구금된다. 그 사건으로 졸지에 고아가 된 일본인의 아들은 프랑스로 입양된다. 조국과 아버지를 동시에 잃은 소년은 프랑스에서 악기 제작자가 되어 아버지의 부서진 바이올린을 다시 복원해 낸다. 그리고 이를 계기로 아버지의 옛 인연들과 재회하기도 한다. 음악으로 비롯된 상실의 고통이 음악을 통해 치유되는 과정으로 그려지는 것이다.

책 제목 '향주'를 뜻하는 프랑스어 Âme은 현악기의 부속품을 일컫는 음악 용어지만, 영혼이나 마음을 뜻하는 일반 명사로 더 많이 사용된다. 그러니까 이 소설의 제목 '부서진 향주'는 '부서진 영혼'으로도 읽힐 수 있다.

프랑스에서 이 작품이 발표되었을 때 "일본식 환상 동화"라고 칭하면서, 프랑스인들이 오래전부터 잊고 있던 옛날이야기처럼 아름다운 이야기를 "선물처럼" 들려주었다며 좋아했다. 아마도 도입부의 폭력적이고 슬픈 이야기가 어쨌든 마지막에 이르면 해피엔딩처럼 마무리된 듯해서 그랬을 것이다.

그러나 행복한 결말의 이야기는 밝은 분위기가 아니라 슬픔을 억제하고 죽음을 위무하는 절제된 애도 속에 전개된다는 점을 주목해야 한다. 저자가 이 책을 '세상의 모든 유령들'에게 바쳤듯이 주인공 레이는 한순간에 잃어버린 아버지를 위시하여, 소년에게 부서진 바이올린을 안겨준 쿠로카미 대위, 병상에서 생을 마감한 중국인 여인, 주인보다 먼저 무지개다리를 건널 수밖에 없었던 모모라는 이름의 여러 반려견들, 그리고 전쟁의 포화 속에 스러져 간 이름 모를 무수한 희생자들의 영혼을 불러 모으며 그들에게 제사를 지내는 듯하다. 그리고 그 일에 슈베르트의 음악이 배음처럼 깔리며 "저항의 한 방식인 멜랑콜리"로 세상의 비참을 위로해 준다.

미즈바야시는 동화 같은 이야기를 내세워 크고 작은 전쟁에 희생된 세상의 모든 유령들에게 제사를 바친다. 그리고 지구 한켠에서는 지금도 여전히 전쟁의 무고한 희생자들이 양산되고 있다. 레이 혹은 자크의 위령제는 아직도 진행 중이다.

이 소설에는 음악이 처음부터 끝까지 진정한 주인공처럼 함께한다. 바흐부터 베르크까지, 여기 등장하는 음악들을 찾아 듣는 일은 이 작품을 음미하는 또 하나의 방법이 될 것이다.

감사의 말

뜻밖에도 『부서진 향주』에 대한 생각은, 장마리 라클라브틴이 주도한 공동 저작 『휴전 : 1918-2018』(갈리마르, 2018)에 포함된 나의 글 「신데모 시니키레나이」를 작성하는 중에 떠올랐고 내가 먼저 놀랄 만큼 전격적으로 모양새를 갖추게 되었다. 나이가 들어가면서 나는 지금 있는 도쿄에서든 「신데모 시니키레나이」의 마무리 손질을 하던 히로시마에서든, 두 죽음 사이라는 공간에서 힘겹게 존재하는 유령들, '살아있는 망자들'에 둘러싸여 있다는 느낌이 든다. 그러므로 나의 감사의 말은 아주 당연하게 장마리에게 우선적으로 돌려져야 한다. 그가 『휴전 : 1918-2018』의 집필에 나를 초대해 참여시킬 용기를 내지 않았더라면, 게다가 그의 제안에 내가 태평하고 긴장 풀린 상태로 당장에 그러겠노라고 대답할 만큼 경솔하지 않았더라면 아마 이 소설은 빛을 보지 못했을 것이다.

옮긴이 **윤정임**

연세대학교 불어불문학과와 같은 대학원을 졸업하고, 파리 10대학에서 문학
박사학위를 받았다. 옮긴 책으로 미즈바야시 아키라의『다른 곳에서 온 언어』
다니엘 페나크의『까보 까보슈』『학교의 슬픔』장 주네의『램브란트』『자코메
티의 아틀리에』장 자크 상페의 그림에세이 등이 있다.

부서진 향주 ÂME BRISÉE

1판 1쇄 2024년 12월 3일

지은이 미즈바야시 아키라
역자 윤정임
펴낸이 신승엽
펴낸곳 1984BOOKS

편집 신승엽 · 북디자인 신승엽

주소 전북 익산시 창인동 1가 115-12
전자우편 1984books.on@gmail.com
전화 010.3099.5973 · 팩스 0303.3447.5973
인스타그램 @livingin1984 · 페이스북 /1984books

ISBN 979-11-90533-49-2 03860

잘못된 책은 구입하신 서점에서 교환해 드립니다.

1984BOOKS